For Meredith, with affection —

Le pont de Brooklyn

Leslie K.
Paris feb 89

Leslie Kaplan

Le pont de Brooklyn

roman

P.O.L
8, Villa d'Alésia, Paris 14e

ISBN 2-86744-077-7

Pour Marion,
et à Maurice Blanchot

1

La jeune femme et la petite fille sont arrivées tôt dans le parc. L'homme les a vues de loin et les a longtemps regardées. Ensuite il s'est rapproché.

Les gens sont encore peu nombreux. C'est dimanche. Début de chaleur. Possibilité d'insectes.

Le ciel est mélangé, rapide. Bleu avec parfois du vert. Des fumées basses, encombrantes, qui viennent d'ailleurs, et on sent la proximité de l'océan accroché à la ville. Embarcadères et docks.

Anna traverse le parc.

Le parc prend tout le centre de la ville, un immense morceau, sans démarcation. Dedans, les voitures roulent, les autobus. Circulation de bicyclettes et de patins. Camions, chevaux.

Mais grandes allées d'arbres, aussi, coins de buissons. Plans d'eau, hauteurs. On peut s'asseoir sur l'herbe. Les animaux, les feuilles.

Partout des bancs, fer et bois. Se poser, lire le journal. Écouter le voisin. Une fois, un vieux monsieur noir trop maigre et ridé avait parlé tout bas des hommes qui passaient. Creux comme la paille, avait-il chuchoté. Regardez. Il n'y a personne sous le chapeau.

Le parc reçoit tout le monde. Balançoires, familles. Stands de nourriture.

Au fond, il y a un zoo, une ferme d'animaux pour les très petits. Volaille. Un ours.

Les balançoires sont nombreuses. Une planche, simple, entre deux cordes. On monte, on sent l'air, la liaison heureuse des choses. On se balance, on se retire. En semaine on voit souvent des hommes et des femmes dans leurs habits de ville bien élaborés venir faire un tour. C'est gratuit.

La ville. Elle est si forte. Rencontres et réseaux. Nuages. Présence des marchandises et des corps.

— Bonjour, dit l'homme.

La petite fille lève les yeux.

— Bonjour, dit la jeune femme.

— Je peux m'asseoir, dit l'homme.

— Bien sûr, dit la jeune femme.

La jeune femme a un livre à la main. Elle ne lit pas. La petite fille a une poupée. Elle joue.

— Elle vous ressemble, dit l'homme à la jeune femme.

La jeune femme sourit.

Des gens arrivent. Paniers à pique-nique, transistors. La musique commence très tôt dans le parc.

Elle commence, elle grandit. Groupes et guitares.

Tout à l'heure le soleil, et le ciel sera dur et brillant comme une tôle. Les femmes s'allongeront dessous. Les jambes et les seins, les tailles.

Activité des enfants. Cerfs-volants, ballons. Il y a des pelouses réservées au sport.

Vendeurs de glaces, de saucisses. Produits importés, jus naturels. Légumes à la mode.

Des barques circulent sur le petit lac. Nénuphars, roseaux. Urbanité.

Anna traverse le parc.

Traverser le parc, traverser la ville. On entre et on sort du parc facilement. Il n'y a pas de grilles ni de portes. La nuit, certains coins sont réputés dangereux. C'est possible.

— Vous connaissez le pont de Brooklyn ? dit l'homme. C'est le plus beau.

— Pourquoi, demande la petite fille.

L'homme sourit.

Le ciel dégagé et bleu. Odeur de l'herbe. La chaleur monte.

Les arbres dans la lumière, et toutes les feuilles traversées. Par-ci par-là des petits ronds-points délabrés et beaux, bois suintant, pourri. Autour l'air est flou, relâché. Les plis de l'ombre.

Dans un creux un grand manège, des chevaux de bois raides et colorés qui tournent, tranquilles, comme une musique incrustée, un souvenir flottant.

Les enfants. Comment ils peuvent vous prendre.

L'homme et la jeune femme sont assis sans rien dire. La petite fille joue.

Au loin un ensemble d'immeubles en verre transparent et froid qui semble sortir des arbres. Évidence de l'image. L'origine végétale.

Anna croise une jeune femme blonde et légère qui marche souplement. C'est un trait de dessin, une petite victoire qui se déroule.

Les musiques augmentent.

Un groupe de marins sur un banc. Ils sont très bronzés, bien lourds et fragiles. Occuper une place, et pour un temps. Anna les regarde. Ouvriers de la mer.

L'homme et la jeune femme commencent à se parler. L'homme a un jean, des baskets. Il porte une veste ouverte sur un T-shirt blanc.

Il est très beau. Vigueur, les épaules.

La jeune femme fait attention à lui, elle lui répond. En même temps elle reste vague, préoccupée. Dispersion.

Elle a de grands cheveux, une jupe qui s'étale, des boucles d'oreille. Les boucles d'oreille bougent sans arrêt.

La petite fille joue.

— Alors tu n'as jamais traversé le pont de Brooklyn. L'homme demande.

La petite fille lève les yeux sans répondre.

La jeune femme intervient. Elle a déjà traversé ce pont, peut-être elle ne se souvient pas.

La petite fille écoute, ensuite elle continue son jeu.

La jeune femme et l'homme se parlent. Paroles faciles, un peu de rire.

Le vert sourd des arbres.

Mouvement du ciel, d'une seule pièce.

Anna marche. Joie de marcher. Connaître le sol et l'air en même temps. Pure activité de la tête, aussi. Penser sans mots, croire qu'on le fait.

Anna passe à côté d'un groupe de garçons et de filles noirs. Bouteilles de soda, un transistor. Jeunesse, fouillis.

L'éclatante peau noire.

Les grands yeux, les voix si particulières, l'accent.

C'est un parc dans une ville. Temps présent et large. Pas de routes, ici, des rues. Le moment actuel qui inclut d'où l'on vient, mon Dieu. D'où l'on a pu venir.

Rumeurs. Le vieux langage.

— Tu m'aimes ?

— Oui.

Conversations.

Anna quitte l'allée pour marcher sur l'herbe. L'herbe est bien courte, élastique et ferme. Valeurs variées des verts. Plaques.

Un écureuil mâchonnant, raffiné. Les petits membres.

Jupes légères des femmes, T-shirts et shorts. Quelques maillots de bain. Pantalons, sandales.

Anna avance dans la chaleur commençante, le bleu qui se lève. Le ciel partout. Unité discrète.

Les femmes. Anna les regarde bouger. Elles créent chacune une forme, un appel. C'est agressif et plaisant comme un rire, un découpage.

Des enfants arrivent, accompagnés par des nourrices silencieuses, bleu et blanc. Un enfant a laissé tomber une sucette et pleure tout seul, ignoré.

Mais les mères, comment en parler. Anna se demande si elles font une catégorie, si on peut jamais parler d'elles.

— Comment tu t'appelles ? La voix de la petite fille l'a arrêtée.

— Anna, a répondu Anna.

Elle s'est assise. La jeune femme lui a souri. Tout de suite Anna a trouvé l'homme très beau, très sombre. La jeune femme, ah, intéressante. Mais la petite fille. Les grands yeux écartés, la peau claire, les formes si vivantes. Une force. C'est absolu, et impersonnel, aussi, comme toujours la perfection.

Idée, on sent en même temps qu'elle est mauvaise, trop utile, d'une miniature, d'un objet. Le mot « petite ».

Moment de silence.

Anna ne sait pas où elle est.

Autour, des feuilles, des taches de couleur. Les formes se perdent. Seule la petite fille, ses lignes nettes.

Ensuite les choses se rétablissent. Les arbres, le tapis vert. Les bruits familiers.

L'homme. Il est très blanc, d'une blancheur profonde, sévère. Violence, fatigue. Une rigidité.

Il regarde les femmes d'une façon appuyée et indifférente. Ce n'est pas agréable, et pourtant, dans ce regard, une femme peut se rencontrer, rencontrer sa propre beauté, son audace.

A cause de l'homme, on pense à la ville. Tension présente, à fleur de peau, et cette allure moderne, cassée.

Plus loin, un autobus passe, un gros tube fermé et jaune. Les gens sont à leur place, recueillis, serrés. Vie intérieure.

Il y a surtout des noirs, l'autobus va dans leur quartier.

Quartier isolé avec des maisons en brique, des vieux magasins. Étrangeté de ces briques anciennes et rouges, on les voit ailleurs, aussi, élevant leurs murs désuets, enfantins, jusque dans le centre de la ville. Elles sont là, elles participent.

Mais au bout des rues c'est l'océan, l'océan houleux et vert, ses courants et ses vagues. Les bateaux qui avancent sous le ciel.

Maintenant un homme est monté sur une caisse et parle énergiquement. Quelques personnes se sont arrêtées, l'écoutent. On n'entend pas très bien mais on peut reconnaître des données exactes, des faits, une accumulation. Pédagogie.

Un garçon s'approche, il est mal habillé, très sale, un jeune clochard. Quand elle le voit, Anna se surprend à penser « Eh bien » d'une façon définitive, ponctuée. Après elle est d'autant plus triste.

— Est-ce que tu es riche, demande la petite fille. Elle s'est tournée vers l'homme.

— Quelle importance, dit la jeune femme en souriant. Ce n'est pas l'argent qui compte.

— Si, dit la petite fille. Je me marierai seulement avec un homme qui a de l'argent.

— Mais pourquoi, dit la jeune femme toujours souriante. Elle regarde l'homme. Il a un air sérieux, fermé.

— C'est mieux, dit la petite fille. Je préfère. C'est mieux.

L'homme regarde la jeune femme durement.

— Elle a raison, c'est mieux.

La jeune femme rougit. Elle ne dit rien.

Anna se sent mal à l'aise. Elle a envie de parler d'autre chose.

— Vous travaillez, demande Anna. Elle s'adresse à l'homme.

— Je me débrouille, dit l'homme.

Solitude du parc. Les brins d'herbe, le ciel.

La petite fille s'est levée, elle a pris une corde dans un grand sac. Elle saute.

Les autres suivent des yeux.

La petite fille saute et saute. Elle a une robe qui gonfle avec l'air. Ses cheveux légers.

Elle garde les yeux fermés. La jeune femme la regarde et rit. Rire complètement heureux, inconscient.

Les sauts de la petite fille, les déplacements de l'air. Le silence.

Autour, le vert émeraude des choses, vert agité, profond. Par endroits seulement c'est jaune, et immobile, brûlé.

Veines du vert si denses, au-delà de la couleur. Dessous on sent la terre, la vie riche, marron.

Le parc est libre, sans plates-bandes. Pas de fleurs, de jets d'eau. Quelques gardiens, mais rien n'empêche un rêve de nature, de nature belle et nue.

On s'enfonce, dans le vert, on peut s'enfoncer. On se raconte des vieilles histoires. On joue avec les monticules de terre, les fourmis.

On peut se perdre, aussi, dans le parc. Sans malheur, non, c'est plutôt une facilité.

15

Groupes d'arbres sur une colline, une petite hauteur. Attentifs et souples, tranquilles.

Les cavités dans les troncs, les trous. Ce qui vit là dedans. On pense aux oiseaux, bien sûr, mais c'est seulement une pensée. On ne les connaît pas.

Mais les arbres sont familiers, pourquoi ? On les connaît sans les connaître, comme des branches, des ramifications de soi-même. Tiges et prolongements.

Certains enfants grimpent aux branches. Danger réel, impensable. Les blessures des arbres. Le grand envers blessant, sourd et hagard, de la vie.

En regardant jouer la petite fille Anna a pensé à une très vieille femme avec qui elle a parlé le matin. C'était au début du parc, elle était assise sur un banc, la vieille était arrivée. Tout de suite elle avait raconté son mari mort depuis si longtemps, la maison vide, son existence obligatoire. Je n'ai pas d'enfant, avait-elle dit, mon mari n'en a jamais voulu. Il avait peur que je l'aime moins.

Elle avait rajouté : « Maintenant, c'est vrai, je pense seulement à lui. »

La petite fille arrête de sauter. Tout le monde rit.

— J'ai faim, dit la petite fille.

— Les enfants ont toujours faim, remarque l'homme, sans ménagement.

Ils vont tous les quatre à la recherche d'un stand.

Ils n'ont pas parlé de rester ensemble. Cela s'est fait. Ils restent.

Quand la journée aura avancé, Anna y repensera, les autres aussi.

Ils ont trouvé des jus. Plaisir, vitamines. Avaler le soleil.

Ils se sont de nouveau assis. L'homme a encore parlé du pont.

— Vous savez, a-t-il dit, sur ce pont, on passe entre

des piliers, on avance au milieu des fils d'acier, on voit la mer et la ville et on a une impression fabuleuse. Le monde, le monde est une cathédrale. Je ne parle pas du pont seulement, s'est-il dépêché d'ajouter, énervé. Il n'y a pas de séparation, on est dedans et on est dehors. C'est le monde qui est la cathédrale, pas le pont.

A la fin il s'exprime avec colère.

Autour les gens lisent les gros journaux du dimanche. Événements forts, bandes dessinées.

Les deux femmes ne sont pas très intéressées par le pont. Anna, même, éprouve une suspicion.

La petite fille, elle, est intéressée. Mais peut-être est-ce seulement par l'homme.

Anna a trouvé un journal et ils le lisent à tour de rôle.

L'homme lit à voix haute une histoire extraordinaire et vraie d'un milliardaire. Électronique, matériel compliqué. Au départ, garçon de ferme d'à peine quatorze ans il avait eu l'idée, pendant la grande crise économique, de nourrir les cochons affamés avec des chevaux sauvages qu'il attrapait tout seul. Maintenant, devenu un empereur.

La petite fille réfléchit et dit qu'elle n'aime pas les cochons.

Une bibliothèque ambulante passe, nette et jolie. Anna se demande si dans les autres univers il y a des bibliothèques, si on y trouve les mêmes livres.

La jeune femme, elle, veut savoir ce qu'il adviendra des livres lorsque cette planète Terre explosera. Si les livres survivront quelque part, comme les paroles, croit-elle.

L'homme hausse les épaules. Après il traite les femmes de mélancoliques.

Tout le monde s'allonge et prend le soleil.

On n'entend pas la petite fille pendant un moment. Sommeil profond, espace creusé.

Le temps est beau, énergie de l'air.

Un monsieur chinois et gros marche au loin avec une valise carrée, normale, qui convient.

L'homme pense à la petite fille.

Il est ému.

Anna et la jeune femme se parlent. La jeune femme a changé de visage, elle est contente, elle parle. Entre Anna et la jeune femme, ce n'est pas un échange, c'est plutôt une construction.

A l'intérieur de cette construction roule le parc. Les femmes, les enfants, les jeunes en bande. Rires et musiques, ruptures, petites vagues.

Les gens qui passent, parfaits, qu'on ne reverra jamais.

Une mère et son enfant. L'enfant est dans une poussette. La mère marche d'un pas élastique et bon. Elle s'arrête pour ramasser une bouteille vide et elle va la jeter dans une grande boîte à ordures verte.

Deux garçons arrivent, en discutant très fort. Malgré la chaleur, ils ont des pardessus, des chapeaux. Traits bien dessinés, regard ouvert. Passion.

La ville debout, derrière les arbres, et la respiration rapide du ciel. Ville large et ville étroite. Ville qui contient. Ceux qui vivent dans la ville comme dans une campagne paisible, une vieille vallée, et ceux qui viennent à la ville pour se connaître, pour devenir. Le rôle du théâtre.

Anna pense, c'est furtif, à la petite fille.

Encombrement du parc.

Bicyclettes, tricycles. Jouets qu'on traîne, ours en peluche.

Mais l'enfance n'est pas dans les signes, remarque Anna, ni dans les objets, les emblèmes. Et les souvenirs aussi sont des petits signes. Peut-être dans une épaisseur que prennent les choses, se demande Anna, dans une dimension qui devient multiple.

La jeune femme raconte à Anna une image d'un livre

qu'elle avait, petite. Une rue sombre, un réverbère, et dans la rue une boutique étrange, coincée entre des bâtiments immenses, on voit par la fenêtre des piles d'objets hétéroclites, des livres, des papiers. Sur le trottoir des grands chiens circulent, fascinants et louches. Mais le silence de tout. Idée de neige ou de brume, une matière enveloppante, dangereuse et douce qui rend la ville encore plus ville, qui la rend à elle-même, en quelque sorte, qui la fait exister, seule et grande, détachée, et qui pourtant, en vous excluant, vous y enferme.

Anna dit que cette image lui évoque la guerre, pas une guerre précise, non, mais, ajoute-t-elle subitement, la guerre irréelle, mythique, qui est présente dans toute enfance. Dans cette période plate, étalée, où tout s'emmagasine, et où, elle le répète, une guerre plane.

La jeune femme dit oui. Après elle dit qu'elle ne comprend pas de quelle guerre il s'agit.

L'homme écoutait sans participer. Il jette en riant qu'il s'agit sans doute de la guerre des sexes.

Un trouble.

On ne peut pas savoir s'il l'a cherché.

Deux très jeunes filles se sont installées à quelques mètres. Elles écoutent un transistor. On n'entend pas de mélodie, seulement le rythme pur, abstrait, qui coule directement dans leurs corps. Elles dansent sur place, les yeux brillants, souriant et regardant passer le monde. Grâce.

— Il n'y a pas d'idée générale, dit tout d'un coup l'homme. Il parle brutalement.

La jeune femme le regarde, étonnée. Après elle hausse les épaules.

— Mais si.

— Non, dit l'homme. Il a l'air vague, mauvais. A chacun sa musique.

Anna se sent personnellement offensée, sans savoir pourquoi.

— C'est idiot, dit-elle. Ce que vous dites est idiot.

L'homme la regarde avec intérêt.

— Alors ? dit-il.

— Il ne s'agit pas de raisonnement, dit Anna. Je ne peux pas vous répondre par un raisonnement.

L'homme sourit d'une façon désagréable.

— Ah.

Anna se sent emportée par la rage. L'écraser, voilà tout.

Elle se détourne.

Après elle pense que cette rage vient de lui, en direct. Elle reste collée, quand même.

Un groupe religieux arrive, une secte, chacun avec un livre sous le bras. Laideur ravie, particulière, inélégance. Le corps qui revient, difforme, et c'est comme une habileté.

Deux femmes âgées passent, semblables, mère et fille. Province, XIXᵉ siècle, les fausses histoires d'argent. Mariage célibataire. Elles s'arrêtent quand elles voient la petite fille endormie et se penchent sur elle, la commentent, l'admirent. La jeune femme met son doigt sur sa bouche, trop tard, la petite fille est réveillée.

Les deux femmes s'excusent et s'en vont.

Anna propose de chercher un endroit pour jouer au ballon.

Les adultes marchent en parlant et en riant, la petite fille court. Tout le monde est maintenant très gai.

Grand ciel bleu, soutenu, son fond ouvert. Désirs diffus, monde en éventail. Les odeurs aussi sont gaies.

Ils trouvent un endroit du parc qu'aucun ne connaissait, un peu à l'écart, une sorte de terrain vague. L'herbe est plus courte, piétinée. Quelques déchets agressifs, papiers et bouteilles, et pourtant une douceur, un abandon. Surface.

Ils se mettent à jouer, très fort. L'homme et Anna, la jeune femme et la petite fille. Passes et envois, courses et chutes. Grands rires, injures.

Au bout d'un moment la jeune femme et Anna s'arrêtent. L'homme et la petite fille continuent.

Les deux femmes regardent.

Agrément de cette zone indécise. Traces, morceaux d'objets fabriqués, le sentimental des choses. Mais tout bouge, aussi, frontières mouvantes et larges. Lignes multiples, bouts de ville. Par terre, on sent les poils de l'herbe, et toutes les pentes, les séparations. C'est inhumain et accueillant. Fusion.

Derrière, la rangée des maisons qui borde le parc, des maisons sérieuses, gothiques.

Les noms ont été donnés. L'homme a dit qu'il s'appelait Julien. La jeune femme s'appelle Mary. La petite fille, Nathalie.

La jeune femme a raconté en riant qu'elle avait pensé appeler la petite fille Madeleine, comme sa mère à elle, mais que les deux prénoms accolés, le sien et celui de la petite, auraient fait Mary-Madeleine. Un nom triste, a-t-elle dit.

Anna, elle ne sait pas pourquoi, n'a pas aimé cette histoire. Mais elle aime le prénom Nathalie.

La pelouse fine, abîmée, et la légèreté des choses. L'air est une enveloppe continue et neutre, une matière tendue, ni mauvaise ni bonne. Vent doux, fibres agitées. Suspens.

Anna pense à la jeune femme, à Nathalie. Elle rêve, elle pense. Le temps circule, futur antérieur. Le monde se met en place. Anna regarde Mary et Nathalie. Ce qui est là, parallèle à l'amour, comme une donnée indépassable. L'existence commune.

Julien et Nathalie jouent. Nathalie est rouge, essouflée,

très jolie à voir. Le mouvement lui va bien, et les cris, la violence.

Au bout d'un moment Anna et la jeune femme trouvent que Julien lance le ballon n'importe comment, de travers. Il regarde seulement Nathalie. C'est pénible.

Nathalie aussi le regarde, elle sourit sans arrêt.

Ce n'est pas son sourire habituel, il est pointu et fermé, agressif. Il emmène.

— Venez, crie Anna. J'ai soif.

Nathalie secoue la tête et dit qu'ils s'amusent.

L'homme rit en regardant le ciel.

Les femmes crient ensemble, comme si c'était une farce. A la fin Nathalie décroche.

Ils font quelques pas, indécis.

— Il y a quelque chose que je ne pardonne pas à Dieu, dit Julien en marchant, c'est d'avoir fait des gens qui sont incapables d'aimer. Pourquoi ils existent ? C'est injuste.

— Je ne comprends pas ce que tu dis, dit Anna. Elle est fâchée.

— Ne t'énerve pas, je parle de moi, dit Julien avec une ironie épaisse.

Tous les quatre s'arrêtent de marcher. Ils restent sur place.

Mary a pris la main de Nathalie, elle balance le bras, elle fait un moulinet.

Tout compte fait, aucun n'a envie de s'en aller. Ils décident de chercher un endroit pour se restaurer, se restaurer vraiment, précise Mary, s'asseoir à une terrasse. Il y a un grand café dans le parc, un endroit connu et plaisant. Ils y vont.

Le café est vaste, très beau.

Chaises en osier, décorations. Une terrasse intérieure, une véranda. Un orgue de barbarie.

Ils commandent.

Le serveur est petit, sympathique, un latino-américain. Comme ils sont fatigués, très calmes, il leur raconte sa vie, tous ses frères, toutes ses sœurs. On se met à parler politique. Julien dit que lui n'a jamais d'idées, ou alors une seule, tout brûler. Évidemment on le croit.

Une jeune femme passe, en train de manger une pomme, un instrument de musique sous le bras. Anna fait remarquer avec méchanceté que cette pomme n'arrange rien, et ils sont tellement énervés que tous, sauf Nathalie, disent, C'est vrai, rien du tout, en même temps.

Julien, qui a bu deux bières, va dormir sous un arbre.

Le serveur s'assoit un moment. Il fait des plaisanteries sans arrêt, des blagues. Il s'appelle Chico.

Chico parle beaucoup, aimable. C'est agréable et excessif, distrayant. Il parle de son pays, où il ne retournera pas, dit-il. Ce qui est particulier, pense Anna, c'est qu'il demande une approbation, mais en même temps, il s'en passerait aussi bien.

Elle est séduite. Un peu triste, aussi : quand Chico parle, très souvent, il traduit. Quels sont alors ses mots à lui ? On ne sait pas, et l'échange peut devenir lourd, lourd et humiliant comme un lieu stérile, aseptisé, d'où tout le monde a été banni.

Mary suit de loin. Nathalie lui a demandé une histoire, et elle lui raconte quelque chose, elle invente.

En racontant, Mary regarde Nathalie. Que voit-elle ? Sûrement pas une petite fille, devine Anna. Un visage, sans doute, un pur visage.

Le parc, la lumière. Cette présence de Nathalie. Elle mange un biscuit. Elle grignote.

Anna se demande si c'est l'intensité de Nathalie, tellement absorbée, qui exclut toute mièvrerie, tout retour sur soi.

Maintenant elle a l'impression qu'elle peut sentir dans

23

son propre corps l'amour qui passe entre Mary et Nathalie, qu'elle peut toucher du doigt ce rien joyeux qui creuse la vie, qui la rend parfois certaine, possible.

Une femme passe avec des yeux très petits et un chien.

Anna dit à Mary :

— Comme elle est heureuse, ta fille.

Elle ajoute :

— On voit qu'elle n'est pas obligée de te plaire.

Mary hoche la tête. Elle dit après un temps :

— C'est le pire, être obligée de plaire à sa mère.

Nathalie les écoute en mangeant son biscuit. Le parc s'étale, et l'herbe, le ciel.

Les arbres bougent un peu. Les branches du sommet sont fines, fines.

Nathalie commence à chanter une petite comptine que tout le monde connaît. Mary, Mary, quite contrary, how does your garden grow. Mary, Mary, si contrariante, comment pousse ton jardin.

Mary est subitement agacée.

Elle raconte à Anna que c'est bientôt l'anniversaire de Nathalie. Elle va lui offrir une maison de poupée.

— Comme ça, dit-elle en souriant, elle aura sa maison.

Anna n'est pas contente.

— Elle aura une maison pour ses poupées. Elle corrige.

Mary la regarde en silence.

Nathalie a écouté, maintenant elle court, elle va réveiller Julien. Il se réveille, il lui sourit.

Il vient s'asseoir et demande un café à Chico.

L'endroit se remplit. Des jeunes, des étudiants.

Un homme et une femme avec le même visage rond, une bonne mine slave, réjouie.

Tout d'un coup, l'orgue de barbarie joue, la poussière

se déploie, grain par grain, dans les rayons du soleil. Le monde se referme et flotte, vieux navire.

Julien. Complètement réveillé. Il s'est peigné.

Il regarde Nathalie.

Le café, la terrasse, et plus loin, les grands arbres.

Profondeur du parc. On suit une allée des yeux, ensuite on la perd. Grande allée immobile, bruissante.

Une mère, très jolie et abusive, insiste pour que son enfant finisse son goûter.

Plus loin un couple d'un certain âge, raide et posé. L'homme est fier de sa femme, de ses seins. On le remarque.

Le petit groupe est silencieux. La musique se répète, élargissement. On sent bien tous les volumes du café, les chaises et les tables, et l'air.

Les traits de Julien se précisent, ils sont maintenant nets, sortis du sommeil.

Julien demande à Nathalie :

— Tu n'aimerais pas le voir, le pont de Brooklyn ? On peut y aller.

Nathalie regarde sa mère.

Mary a l'air absente. Ensuite elle dit qu'il est trop tard, que c'est trop loin.

— Je peux l'emmener, dit Julien, ce n'est pas si loin.

— Non, dit Mary, non. Elle ajoute, Il est trop tard.

Julien hausse les épaules.

Chico a fini sa journée. Il est revenu s'asseoir, il parle avec Anna.

Il dit qu'il écrit de la poésie.

— Dans ma langue, ajoute-t-il en riant.

Les autres sont déçus.

Ils quittent le café, ils cherchent des balançoires.

Renouvellement du parc.

Les arbres, bien sûr. Ils ne sont jamais les mêmes.

Les gens. Il y a moins d'enfants, mais ils jouent plus intensément.

Arrivée aux balançoires, Nathalie trouve deux autres petites filles et elles font un concours. C'est impressionnant.

Anna pense au pont de Brooklyn. Elle essaie de se rappeler comment on voit l'horizon et les immeubles découpés, les gratte-ciel.

Fraîcheur de l'air. Le soleil plus blanc.

Les balançoires montent et descendent de plus en plus vite. Les cordes fines, les sommets des arbres et le ciel, cette limite. Julien a d'abord poussé Nathalie. Maintenant ils se balancent ensemble, Nathalie est sur les genoux de Julien. Nathalie rit de plaisir, Julien ferme les yeux.

Après, les deux autres petites filles sautent des balançoires et appellent Nathalie. Partie de chat.

Chico, Julien, Anna et Mary les regardent.

Chico dit que les enfants ici ont de la chance. Cette remarque énerve les trois autres.

— Mais si, dit Chico. Si vous voyiez les enfants chez moi.

— Tu as raison, dit Julien. Il faudrait tous les jours une photo de ça. Première page. Les gens d'ici se sentiraient coupables, à la fin.

Chico le regarde.

— Ce n'est pas la question.

— Il faut savoir ce que tu veux, dit Julien.

— Ce n'est pas la question, répète Chico.

Après, il parle très longtemps.

Un silence. Anna a des larmes, Mary aussi.

Julien est très pâle, encore plus blanc que d'habitude.

Le silence dure.

— Dis donc, dit Julien, tu t'excites.

Il regarde Chico dans les yeux, il montre Anna, Mary.

— En tout cas, tu fais de l'effet.

Il se lève et va s'adosser contre un arbre.

Les trois autres sont abattus.

Jeux effrénés des enfants. On commence à entendre des voix qui appellent, qui lancent le retour.

L'air est devenu trop frais, minéral. Dans le ciel clair on voit déjà la lune.

Le va-et-vient continue. Des vieux, des adolescents. Le parc reste ouvert.

Anna et Mary, peut-être surtout Mary, auraient envie d'être très gentilles avec Chico, de lui plaire. Mouvement vague.

Des amis de Chico viennent le chercher, envoyés par le patron du café.

Tout d'un coup on ne comprend plus rien, ils parlent tous en même temps, et Chico avec eux, dans leur langue.

Chico devient épais, insupportable. Comment ? Voilà, une impression. Il l'est.

Insolence. Une fatuité. Il joue des cils. En même temps, une gaieté. Esprit de groupe. On ne sait pas.

Chico salue tout le monde avec une petite courbette, lui et ses amis s'en vont.

Mary appelle Nathalie, elles rentrent. Anna part aussi, et Julien.

Derrière les arbres, le ciel et ses taches, la ville. Rumeurs, klaxons et cris. Agitation. Une voiture de pompiers passe à toute allure, brouhaha, incendie. Comme toujours, on croit voir les flammes.

A l'entrée du parc, Julien se fait interpeller. C'est un couple, elle est très belle, très brune, lui la peau claire, les cheveux blonds, un chapeau. Elle a l'air malade. Après on voit qu'elle est ivre.

Le garçon aborde Julien, très rapide, très familier. Il

27

parle beaucoup. Julien regarde ailleurs. La jeune femme hausse les épaules, sans un mot.

A la fin Julien envoie le chapeau du garçon à terre et lui tourne le dos en disant :

— J'aurai pu mais là, non, pas question, tu es trop bête.

Julien, Mary et Nathalie, et Anna se disent Au revoir. Julien dit A dimanche prochain. Mary dit Oui, peut-être. Nathalie fait un geste de la main. Anna ne dit rien et embrasse Nathalie. Douceur.

2

Julien. Un homme de la ville. Ses chemises de couleur, ses repères et sa souplesse, ses couteaux.

Impatient, actif. Il fait n'importe quel travail, il sait le faire et il le fait.

Sa beauté, bien sûr. Il la connaît. Il ne la méprise pas, il méprise ceux qui s'y prennent, il peut avoir cette facilité, comme une vilaine petite femme.

Le cadre croisé de la ville, et ce Julien, dedans. Ciel noir, ciel bleu. Escaliers en fer, terrasses sur le toit. La nuit Julien y monte, il s'allonge, il observe. Quand c'est possible, il y dort. Sur le dos, jeté. Il reste en guerre, aussi. Sommeil profond comme un défi, un défi à la nuit, cette vieille femelle.

Quelquefois des insomnies, le monde béant et clair.

Julien circule dans la ville, il tourne entre les murs peints, les inscriptions. Hiéroglyphes, ironie.

Des eaux traînent, étales, en surface. Images fixes, durées. Des ruptures nettes, aussi, des marches hautes et raides, et les portes défoncées.

Julien trouve ces contrastes nécessaires.

La ville. Elle était là avant lui, il l'admet. Il la prend

en compte, il la considère. Mais il ne la laisse jamais devenir autre chose que ces lieux ouverts et fermés, ces couloirs et ces passages, qui l'attendent et le sollicitent, non, rien d'autre, seulement cette présence face à lui, cette force.

La pensée de Julien, la forme particulière, silencieuse de sa pensée. Une phrase le fait toujours rire, la phrase que dit l'inspecteur dans tous les films de série B : « C'est moi qui les pose, les questions. »

Aucun rapport de violence avec son corps. Il le soigne, il l'entretient, sans dureté. Il est poussé par une exigence d'un autre ordre, une exigence diffuse et blanche, on pourrait dire morale, sauf qu'elle est trop générale, et abstraite, indéterminée.

La passion chez les autres le tourmente. Il ne comprend pas.

L'amour. Julien aime l'amour et le pratique, mais c'est un homme inquiétant, sans aucune habitude.

Le Pont. Tout a commencé quand il s'est surpris à penser, un jour, qu'il ne pouvait même pas imaginer qu'un homme l'ait construit, ce pont. Il répétait, prenant plaisir au sentiment de sa bêtise : pour construire un pont pareil, il faut avoir le temps, et le temps, ce n'est pas une chose qu'on a.

Maintenant il aimerait y emmener Nathalie. Il y pense.

Anna s'est dit en rentrant qu'elle connaissait Julien de vue. Elle se souvient maintenant, elle l'avait remarqué dans un bar, pas loin de chez elle.

Le lendemain dans l'après-midi elle a cherché Julien. Elle n'a eu aucun mal à le trouver, il est souvent au bar. Il ne manifeste aucune surprise particulière.

Il parle tout de suite de Nathalie.

— Elle est jolie, dit-il avec un sourire large. Tu l'as aimée toi aussi, cette petite.

— Elle n'est pas si petite, dit Anna, sèchement.

— Mais si, dit Julien, c'est une enfant.

Anna hausse les épaules.

Elle dit :

— Oui, bien sûr.

Un silence. Julien regarde Anna.

— Tu aimes les enfants ? demande Anna.

— Je n'en ai jamais connu vraiment.

Julien rit. Il ajoute :

— Je la trouve mal habillée. Sa mère l'habille mal.

Anna est étonnée.

— Elle avait une très jolie robe.

— Je déteste les petits pois, dit Julien avec énergie.

Un groupe entre brusquement dans le bar et met au juke-box une musique très forte. Anna les observe un moment. Ensuite elle demande à Julien :

— Tu as des frères et sœurs ?

— Non, mais la famille, tu sais, dit Julien. Il traîne les mots.

— Je ne sais pas, dit Anna.

Julien dit sans méchanceté :

— Aucun intérêt.

Il se lève et va mettre une pièce dans la machine. En passant il commande une bière et demande à Anna si elle veut quelque chose. Elle dit Oui, une bière.

Anna regarde Julien se déplacer. Elle pense qu'il a un beau corps.

Elle aime les hommes en jeans. Le bar est agréable. Tables en bois ciré, fraîcheur.

Anna et Julien boivent leur verre.

Anna se sent portée. Julien est très séduisant.

En même temps il l'intéresse pour autre chose, mais quoi.

— Tu crois qu'elles retourneront au parc dimanche prochain, demande Julien.

— Mary l'a dit, fait remarquer Anna.

— Elle a dit « peut-être », dit Julien. Il ajoute :

— Je voudrais emmener la petite au Pont.

— Pourquoi, demande Anna.

— Pourquoi pas, dit Julien. Il fronce le nez. Ils en restent là.

Ils parlent un peu. La ville, comment ils gagnent leur vie.

En ce moment Anna travaille dans une école.

— Mais, dit-elle, c'est provisoire.

Julien rit et dit qu'il ne croit pas au provisoire.

— C'est oui ou c'est non, dit-il.

Anna secoue la tête. Elle n'est pas d'accord.

Elle n'a pas pris la phrase de Julien contre elle, mais, après coup, elle la trouve déplaisante.

Quelque chose échappe et glisse.

Les mots de Julien ne sont pas vraiment réticents, mais trop simples, d'une pièce. Il répond seulement. Même quand il parle en premier, il répond.

Anna étouffe un peu.

Tout d'un coup Julien dit :

— Toi qui travailles dans une école, tu dois avoir des idées sur l'éducation.

Anna a sursauté. Elle dit :

— Tout le monde en a.

Julien la regarde avec mépris.

Mouvement dans la salle. Ils ont encore commandé des bières.

A une table voisine, deux filles très jolies se parlent tout bas, tout bas. Une vieille femme est entrée, Anna a remarqué ses cheveux blonds, décolorés, ses pieds nus et maigres dans ses sandales. Elle porte une petite chaîne dorée autour de la cheville.

Après ils ont parlé cinéma. Julien aime certains acteurs, et va voir tous leurs films.

— Mais la plupart des acteurs ne savent pas jouer, dit Julien. Les acteurs, les actrices... Ce n'est pas comme Nathalie.

— Mais elle ne joue pas, dit Anna. Je ne vois pas le rapport. Elle ne joue pas.

— Justement, dit Julien. C'est ce que je veux dire. Elle ne joue pas. Elle est vraiment là.

Il souligne le mot « là ».

Anna secoue la tête. Elle dit que c'est le propre de tous les enfants.

Julien dit oui, mais que Nathalie a un don supplémentaire de présence.

Anna ne sait quoi dire. Elle n'est pas obligée de dire quelque chose et pourtant, voilà, elle ne sait pas quoi dire.

Julien parle tout d'un coup beaucoup.

— Est-ce que tu as remarqué sa peau ? On la sent respirer, vivre. Un corps si petit et tant de force. Rien ne pourrait l'arrêter, rien. On parle toujours de l'innocence des enfants. Je ne vois pas. Je vois la force, la liberté, oui, qui vient de la force. Ces lignes si nettes. Aucune mollesse. Aucun abandon.

Il rêve.

— Elle veut ce qu'elle veut.

Il a l'air triste. Il continue :

— Mais pourquoi des mains si petites sont-elles si émouvantes ? Les petits ongles, les doigts. Et les articulations, tu as vu ? Le poignet, le coude. Les genoux. C'est bien fragile, aussi, quand même.

Il rit.

Gêne d'Anna. Tout ce que dit Julien, elle l'a éprouvé. Au moment où il parle, elle le sait. Pourtant elle est gênée, comme si les mots étaient faux.

Elle demande :

— Tu as envie d'avoir un enfant ?

— Non, et toi, dit Julien, platement. Il a l'air bête.

Anna se sent furieuse comme si Julien se moquait d'elle, et pourtant, non, il ne se moque pas, ce qui la fâche encore plus.

Julien reprend.

— Je l'emmenerai au Pont.

Il ajoute, en regardant Anna dans les yeux :

— Je ne vois pas pourquoi sa mère n'a pas voulu.

Anna voit brutalement l'image de Mary devant elle. Elle pourrait presque la toucher. Elle ne dit rien.

Après elle dit à Julien qu'elle veut marcher un peu. Il l'accompagne.

Dehors, la ville, joyeuse. Chaleur légère. C'est la fin de l'après-midi. Julien joue avec une boîte vide, foot-ball. De nouveau Anna le trouve très beau, un jeune chien.

Ils passent à côté d'un mur en briques immense, entièrement peint. Il représente la ville, des scènes de quartier. Des gens se promènent sur le mur, vont et viennent, naïfs et raides. Un vieux en bleu de travail, des jeunes les mains dans les poches. Dans un coin, un matelas rayé et un couple dessus, enlacé.

Le rythme est donné par les couleurs modernes, industrielles. Nuages bleus, soleil orange. On voit des étalages de fruits, une grande boucherie blanche et rouge, un vendeur de glaces. Au fond un groupe hirsute avec un ballon jaune.

Julien se met contre le mur, lève les bras et fait semblant d'attraper le ballon. Il le lance à Anna. Elle le rattrape, le relance. Julien saute sur un banc, Anna l'imite, le pousse. Course et rires.

Il fait encore très clair. La ville bouge, délicate. Lumière vivante et douce. Dedans, les choses qui nagent, saisies. Une innocence.

Anna et Julien passent devant un petit magasin de glaces très connu et bon. Soixante-six parfums, l'impensable. Chacun choisit.

Le quartier est agréable, très mélangé. Immeubles hauts et raides, petites maisons. Les maisons sont colorées, anciennes, souvent ouvertes. Parfois des gens habitent dans les sous-sols.

Certains immeubles tombent en morceaux, tout ruinés. Anna et Julien s'arrêtent devant, commentent les ruines, les échafaudages. Dans le contexte, c'est stimulant.

Ils ont décidé d'aller vers le fleuve.

Ils prennent une grande avenue pauvre. Asphalte noir, trottoir troué. Avenue commune, la même dans toutes les villes du monde. Un métro aérien, les rails, et le ciel mécanique, barré. Lumière voyante, fenêtres sans rideaux. Immeubles plats. Le sol râpeux sous les pieds.

L'avenue. Elle n'appartient à personne.

Son côté pauvre, absent, et féroce, agité. On l'aime pour ça.

— Une fois, raconte Anna, j'ai eu une expérience. J'étais au coin de cette avenue et de la petite rue, là. Tout d'un coup, je me suis dit : personne ne me connaît, ici. Absolument personne. Quoi que je fasse, personne ne me connaîtra. Je me suis sentie réduite à rien, anéantie, et libre, complètement libérée en même temps.

— Libérée, demande Julien. Il la regarde très fort.

— Oui, dit Anna. Je n'étais rien. Rien. Ce n'était pas horrible, ce n'était pas bien non plus. C'était autre chose. Je n'étais rien, et je pouvais voir tout. Entendre tout. Tout passait. Il n'y avait plus de filtre. Je n'étais plus personne, j'étais devenue le monde, la rue. J'étais dehors.

Julien réfléchit. Il dit qu'il croit avoir éprouvé une chose semblable en face de la mer.

— Après, dit Anna, en y repensant, je me suis dit que ce n'était pas vivable. Que la vie est à l'opposé de ça.

— Je ne sais pas, dit Julien.

— Ça m'a ennuyé, continue Anna. Qu'on ne puisse pas avoir les deux, toujours. Les deux dimensions. Cette dimension-là, et la vie.

— Mais peut-être qu'on peut, dit Julien. Il est sérieux.

— Peut-être, dit Anna.

Ils passent des magasins avec des stocks, des outils d'occasion. Tas de vis, rouleaux et fils.

Parfois des tapis posés sur le trottoir. Marché perpétuel, trouvailles infimes.

Rues sales, mais nettes. Poubelles obligatoires.

Dans la rue, les gros autobus, fumants. Le monde qui rentre.

Des musiques fortes, qui soutiennent la rue. Les émotions ordinaires. Soleil et pathos.

Julien achète un cornet de frites et des saucisses. Il partage avec Anna.

Tout le monde mange dans la rue. Précipitation, et une liberté. Les choses les plus diverses, des vraies, des fausses. On les mange. Effets variés.

Julien raconte en marchant une série d'histoires très drôles. La dernière est scatologique, mais savoureuse quand même.

Un grand bâtiment avec des étages et des étages de livres à vendre. Couloirs tapissés, étalages et rayons. Anna trouve étrange cet entrepôt. Julien dit qu'il ne voit pas la différence.

Le ciel descend, immense, si doux, si doux. On voit des traînées blanches.

Au coin des rues, les gens attendent, tranquilles, émouvants. C'est la ville, temps souple, pourtant compté. Casiers et marges.

Julien et Anna l'aiment beaucoup, la ville. La confusion des notions, la légère distance. Le regard un peu oblique. Le prélude.

Ils passent devant un terrain vague, petit, entouré d'un grillage. Déchets multicolores. Des enfants jouent.

Ils s'arrêtent pour les regarder. Anna pense à Nathalie, et à Julien. Quelque chose l'irrite. Elle voudrait reprendre la conversation du bar, et en même temps, non, elle préfère le moment présent.

Ils arrivent dans le quartier chinois et décident de le traverser. Ils remarquent qu'ils le connaissent bien tous les deux, c'est une sorte d'égalité.

La foule. Maintenant, le bain. On ne comprend rien, on avance. Flux et reflux, grand plaisir. On marche la bouche ouverte.

Les rues sont étroites. On ne voit plus le ciel. Ce n'est pas oppressant, au contraire.

Nourritures, fumées. Légumes bizarres, souvent boursouflés, très laids. Chaussures en tas, petites poupées.

Julien et Anna rient, regardent.

Ils sont bousculés de tous les côtés, heurtés, emmêlés. Tissus brillants et lisses, peaux nues. Cheveux, odeurs.

La langue aussi les porte, la langue inconnue, étale et morcelée. Bruissements, petits sons. Présence corporelle, enveloppe.

Devant une flaque d'eau par terre, Julien tend la main à Anna et lui sourit. Anna fond.

Ils avancent, ils rient, ils regardent. Dépaysement facile et gai, enfance.

Tout est neuf, possible.

Des boutiques, des salons fleuris, des temples. Même les cabines téléphoniques sont des petites pagodes.

Julien tient bien la main d'Anna. De temps en temps il lui donne un baiser, rapide, sur la joue, la bouche.

Ils s'arrêtent devant un grand étalage et Julien achète une poupée pour Nathalie. Anna lui demande comment il peut être sûr qu'il va la revoir.

— Je sais, répond Julien. Je suis sûr.

Anna ne dit rien.

Ils quittent le quartier chinois. Encore quelques rues, un boulevard. Ils arrivent au fleuve.

Maintenant il fait nuit.

On ne voit pas le fleuve, seulement son balancement continu, fascinant. Le fleuve est très large, large grand fleuve. L'autre rive est toute lumière, les voitures, les constructions.

Un repos, ce fleuve. Une vie pleine, reposante.

Ils marchent sur le quai. Ancres et cordages, et l'odeur de l'océan.

Anna dit à Julien qu'elle aimerait revenir dans la journée. Quand on voit l'activité du fleuve, dit-elle.

Julien dit oui.

— Regarde.

C'est le Pont, le Pont de Brooklyn. On le voit parfaitement.

— C'est vrai, dit Anna, c'est le plus beau.

Le pont a l'air d'être accroché, inséré dans les constructions, et de jaillir d'un coup, lumineux et noir.

Grand pont suspendu, animé.

Une chose impossible, bien sûr, violente, une provocation.

Et non. Allers, retours. Mouvements simples.

Ils le regardent un peu. Ensuite Julien propose d'aller chez lui.

Maintenant, pressés. Ils prennent un taxi.

Chez Julien, tout d'un coup, Anna réclame un café. Pendant que Julien le prépare, elle tourne dans les pièces.

— Ah, dit Julien, en apportant le café. Ah.

Il pose le plateau et sert Anna. Anna boit son café. Elle l'interroge du regard.

Julien boit aussi son café. Après il dit gentiment :

— Les femmes ne peuvent pas, il souligne, ne peuvent pas, sa voix descend, comprendre quelque chose à la bande.

— Mais si, on comprend, dit Anna.

— Non, répète Julien. Non. Vraiment non.

— Nous aussi, dit Anna, voyons, le désir va et vient, nous aussi.

Julien se met derrière elle et la serre très doucement. Il lui souffle dans l'oreille, il bande, il rigole. Anna se détend. Elle rigole aussi.

— Bon, dit Anna. Bon. Mais quand même, je crois que je comprends. Et d'ailleurs, qu'est-ce que ça change.

Julien est d'humeur légère. Il la retourne et l'embrasse sur les yeux, le nez, les joues, il continue et à chaque fois il dit, Tout, Tout, Tout.

Anna, partagée. Un peu de colère, un peu de rire.

— C'est avec des idées comme ça que...

Après elle abandonne. Évidemment, elle prend la verge de Julien dans sa main à travers le pantalon et la presse. Elle plaque l'autre main sur la bouche de Julien et elle lui dit, très près, en articulant :

— En tout cas, ça m'intéresse.

Ils rient, ils s'attrapent, ils roulent sur le lit.

Étendus ils se regardent, immobiles.

Ensuite Anna recommence à rire, du fond de la gorge,

en silence. Elle ouvre la braguette de Julien et sort tout le sexe.

Elle se penche et regarde de près.

L'érection est très forte.

Elle se déshabille. Julien ne bouge pas. Nue elle vient de nouveau près de lui. Elle l'embrasse. Julien sourit.

Le matin est gai.

— J'aime bien être nue à côté de toi, dit Anna. C'est facile.

Julien rit.

— C'est toujours facile, non ?

— Tu es bête, dit Anna. Elle le tape un peu. Au contraire.

— Mais, dit Julien, il se protège avec les coudes, pour moi ce n'est jamais difficile.

— Jamais, vraiment, demande Anna. Je ne te crois pas.

— Jamais, vraiment, dit Julien.

Après il lui demande d'expliquer pourquoi c'est difficile, parfois.

Anna réfléchit. Elle n'arrive pas à dire. Elle trouve seulement des mots isolés, sans lien, comme « Trop » ou « Pas assez ».

Julien est enchanté. Il répète Trop, Pas Assez, sur tous les tons. Il fait une chanson.

Après il dit :

— En somme, moi, je suis ni trop, ni pas assez. Je suis une bonne moyenne.

— Pas une bonne moyenne, dit Anna, un bon moyen. Elle se trouve très drôle.

Elle ne résiste pas, elle prend le sexe de Julien et tire un peu. Souplesse. Câlin.

Anna et Julien. Ils se sont retrouvés tous les jours, pendant cette semaine.

Anna va travailler à son école, Julien va à ses affaires, et en fin d'après-midi, ils se retrouvent.

Ce qu'Anna a dit de Julien, que c'est facile avec lui, continue. Facile, glissant. De temps en temps, peut-être, on dérape.

— Tu as une beauté spéciale, dit Julien à Anna, oui, particulière.

— Comment, demande Anna.

— Tu es une femme grande, bien faite, Julien fait les gestes, on voit la forme mannequin, les courbes en violon. Et puis...

Il décrit une raideur, voilà, une raideur.

Comme si elle attendait quelque chose.

Une tension, plutôt, il corrige.

Et pourtant, ce calme.

Mais ce regard immense, dit-il, en lui embrassant les yeux, ce regard ouvert.

Ces yeux, il sourit. Quelque chose du vent.

— Tu as, dit Julien, une beauté qu'une autre femme peut adorer. Mary t'a aimée, c'est sûr, dit Julien. Et toi, il ajoute en riant, tu as aimé Nathalie.

Anna reste étonnée. Bien sûr, elle ne dirait pas le contraire.

Julien est venu chez Anna. Il a retrouvé dans ses pièces cette impression d'inachevé, mouvement et raideur. Grandes pièces claires, sans rideaux, le ciel qui passe et peu d'objets.

Inachevé, ou plutôt, sur le point de.

Anna est quelqu'un « sur le point de », pense Julien. Cela lui plaît, sans doute, et en même temps, l'intensité

43

avec laquelle Anna peut être « sur le point de » l'agace, ah oui, l'agace profondément.

— Tu m'énerves, dit Julien à Anna, tu m'énerves. Tu n'a aucun recul.

— Mais si, dit Anna. Ça ne m'empêche pas d'avoir envie. Où est le mal ?

Julien ne dit rien et regarde Anna évoluer dans ses grandes pièces claires et nues où passe le ciel.

Une personne habitée par le sentiment qu'on peut, qu'on va trouver. Pas une certitude, cette chose fixe, massive. Non, mais un sentiment léger, patient, une chaleur. Julien est un peu écœuré.

Mais il aime bien marcher avec Anna, marcher avec elle dans la rue. Grandes jambes, grande jupe. Souvent des chaussures plates, des socquettes. Anna arpente la rue, parfois avec rage. Elle repère les gens, les chemins, les habitudes. Mais c'est la diversité qui l'intéresse, les histoires. Elle est incapable de classer, note Julien. Aucun système.

Julien remarque qu'elle regarde beaucoup les hommes, aussi. Savoir si elle les voit. Ça le fait rire.

Ils sont retournés au fleuve. Anna devient sentimentale devant le mouvement de l'eau, l'odeur de l'océan. Elle parle de son enfance. Julien la pince.

— L'enfance, c'est une invention, dit Julien. C'est une façon de se faire plaisir. Il insiste.

Anna laisse tomber.

On arrive au dimanche. Julien et Anna ont décidé d'aller ensemble dans le parc et de chercher Mary et Nathalie. Julien a emporté la petite poupée chinoise. Le temps est magnifique. Lumière ouverte, totale. Quand ils arrivent au parc, il y a déjà une foule importante, presque trop de gens, dit Julien, inquiet. Il craint de ne pas retrouver Mary et Nathalie.

Ils retournent là où ils se sont rencontrés la première fois, et s'installent. Ils attendent.

Clarté du parc. Le grand soleil du jour, les arbres. Le bonheur du ciel.

Murmures et couleurs.

Les femmes sont très déshabillées. Épaules, genoux. Anna apprécie ces rondeurs. Julien est distrait.

Des couples, des enfants. Cris et poussettes, biberons. Éclaboussures diverses, jus d'orange.

Anna regarde les enfants. Une mère passe avec un bébé qui veut marcher, qui se lance. Barboteuse souple, les bretelles et les fesses rembourrées qui traînent. Anne lui tend les mains.

Deux petits garçons arrivent, T-shirts et jeans, les poings dans les poches. Déjà très droits, très conscients, pense Anna, de leur petit sexe. Elle est attendrie.

Elle voudrait en parler avec Julien mais il ne fait pas attention aux enfants. Il est ailleurs.

Va-et-vient intense, la chaleur colle, sucrée. On se sent à l'étroit.

Au loin, un avion fait des loopings dans le ciel plat. C'est irréel.

Quelqu'un a dû manger des frites. Odeur plaisante, festive.

Une femme passe avec un petit tailleur bleu d'un bleu, Anna dit, inadmissible. Julien rit, il est d'accord. Ils essayent de parler de la bêtise, mais non, il ne s'agit pas de cela, ils s'en rendent compte. Des gens qu'on ne comprend pas, peut-être, dit Anna, qui sont au-delà de ce qu'on peut comprendre.

— Mais tu les juges, remarque Julien.

— Alors j'ai tort, dit Anna.

— Peut-être pas, dit Julien. Il doit bien y avoir des limites, dit Julien mollement. En fait il ne s'intéresse pas.

Un groupe de jeunes, très beaux, des blancs et des noirs. Ils s'installent sur l'herbe et mettent leur radio un peu trop fort, provocants et agréables. Une fille en short, jambes immenses et blondes fait une démonstration de rock avec un garçon noir. Ils sont exaltants. Anna voudrait danser, mais Julien n'a pas envie.

Il s'est allongé sur le dos en silence et il regarde le ciel. Grand ciel pur. Son mouvement lent.

Anna ressent comme un désespoir, une futilité.

Elle s'allonge aussi et regarde Julien.

— Alors, alors, dit Anna.

Julien ne répond pas. Au bout d'un petit moment Anna s'aperçoit qu'il s'est endormi.

Elle reste seule.

Elle se dit que Mary et Nathalie ne viendront pas. Après elle se dit que ce n'est pas si important, à la fin.

Elle continue de regarder les gens.

Un monsieur en costume trois-pièces, avec une grande barbe blanche et bouclée, des mollets maigres. Il marche le buste en avant. A côté de lui une femme large, dans un survêtement rouge et jaune, pousse un vélo.

Anna les trouve déprimants.

Elle n'a pas du tout envie que Julien dorme. Elle le réveille. Il s'ébroue.

Maintenant près d'eux un accordéoniste essaye un tango, des airs romantiques. C'est un peu tôt dans la journée, incongru. Il doit s'exercer, dit Julien, préparer quelque chose.

La musique donne une tonalité dure et sévère, déplacée. Elle ouvre un chemin de tragédie définitive, de mort. Fictif et trop vrai, et pourtant, c'est entraînant. Le sud.

Anna repense à Chico. Elle propose d'aller au grand café. Julien veut bien.

Quand ils arrivent, ils voient tout de suite Mary et Nathalie assises à une table, riant et parlant en train de boire une limonade.

Julien devient blanc, Anna s'en aperçoit. Julien aussi doit s'apercevoir de quelque chose. Il prend le bras d'Anna et lui sourit. Nathalie lève la tête et leur fait un petit signe. Mary a l'air contente.

Ils s'assoient.

Julien est tout de suite très gai. Il sort la poupée chinoise de sa poche et la met sur la table.

— C'est pour toi, dit-il à Nathalie.

Nathalie est ravie.

Anna la regarde. Quelle jolie petite fille. Aujourd'hui sa mère lui a tressé les cheveux. Robe légère, à volants, petites fleurs.

— Ça tombe bien, dit Mary, c'était son anniversaire hier.

— Quel âge tu as ? demande Julien à Nathalie.

— Six ans, dit Nathalie en se rengorgeant. Elle écarte les doigts.

— Le grand âge ! dit Julien. Comment tu vas l'appeler, ta poupée ?

— Catherine, dit Nathalie. J'en avais une, Catherine, elle explique, je l'ai perdue.

— Très bien, dit Julien. Allez, viens, dit Julien en se levant, on va promener Catherine. Il lui tend la main.

Nathalie saute de sa chaise et lui donne la main. Ils vont faire un tour.

Mary et Anna les suivent des yeux. Un silence.

Anna regarde le café. Les gens, les choses. Leur rythme nu.

Aujourd'hui, Mary a l'air plus jeune que l'autre fois, épanouie. Elle est heureuse de revoir Anna. Elle lui raconte maintenant sa vie, son travail, elle bavarde.

— Je vends des vêtements dans une boutique, dit Mary. C'est tranquille. Ça me plaît, de vendre. Ça me plaît d'habiller les autres femmes, dit Mary, de les aider à choisir. Sauf quand elles sont trop embêtantes, elle rit. Hier il y a eu une petite blonde qui est restée toute l'après-midi. Elle a tout essayé, tout. Au début, c'était bien. Une jolie fille, très fine. J'avais des idées, je trouvais son corps émouvant, je le voyais bien, je voyais ça ou ça. Mais après. Elle devenait comme un morceau de bois. Je crois qu'elle s'affolait et devenait comme un morceau de bois.

Anna écoute. Elle demande à Mary comment les idées lui viennent, pour habiller les clientes.

Mary réfléchit.

— C'est souvent à partir d'un détail. Un geste. Même un mot, dit Mary. Par exemple, toi, quand tu es arrivée, là, tout à l'heure. J'ai tout de suite pensé à une robe qu'il y a en ce moment. Elle regarde Anna. A cause de ton regard, quand Julien t'a pris le bras.

Anna tourne la tête. Elle cherche Julien et Nathalie des yeux. On ne les voit plus.

Elle va le dire à Mary, et puis non, Mary n'a pas l'air de s'inquiéter, Anna ne dit rien.

— Quelle robe, demande Anna.

— Une robe bleue, une très belle coupe, dit Mary. C'est la robe préférée de ma patronne en ce moment. Elle est drôle, ma patronne, dit Mary. Si tu savais comment elle aime les robes, les vêtements. Une passion.

Chico arrive, il a un plateau très chargé, verres et bouteilles, coupes de glace. Il fait un signe de tête à Anna.

48

Quand il a fini de servir, il vient demander à Anna ce qu'elle veut.

— Un café glacé, dit Anna. Elle va commander une bière pour Julien mais elle se ravise.

— Mon neveu est là derrière avec moi, dit Chico, mon neveu Juan. Je vais lui dire de venir ici, pour jouer avec la petite.

Il repart.

Les deux femmes ne disent rien. Mary a l'air de rêver. Anna se sent nouée, tendue.

Le ciel glisse, aucun nuage. Le grand glissement huilé et bleu du ciel.

Mais la réserve des arbres, leur quant-à-soi, distant. Les allées qui partent, et l'herbe, les brins, les cailloux. Un émiettement.

Cris d'enfants de tous les côtés. Chaque cri est différent, unique.

Cris de femmes, aussi, les mères. Leur attention.

Anna est oppressée. Les cris déchirent l'air.

Elle voudrait que Mary recommence à parler.

Au moment où elle se tourne vers elle, elle voit Julien et Nathalie qui arrivent, au tournant d'une allée.

Ils se tiennent toujours la main. Nathalie est très joyeuse, elle parle sans arrêt, elle montre des choses à Julien, elle balance sa poupée.

Julien ne dit rien. Il a l'air trop sérieux.

Ils arrivent, ils s'assoient.

— J'ai soif, dit Nathalie. Je veux un coca.

Mary hausse les épaules en souriant. Chico revient avec le café glacé. Il pousse devant lui un petit garçon.

— C'est Juan, il s'adresse à Nathalie. Mon neveu. Le fils de ma sœur aînée. Tu bois quelque chose, il parle à Julien. C'est ma tournée.

Julien dit :

— Un café.

Il regarde le petit garçon.

— On l'appelle Juanito, dit Chico en souriant.

Julien ne répond pas.

— Regarde, Juanito, dit Nathalie, j'ai une poupée.

Nathalie et Juanito commencent à jouer. Très vite ils jouent fort, avec toute leur force, leur concentration.

Mary, Anna et Julien les regardent.

Le café est plein, il craque de partout. Bruit de fond, un bourdonnement continu et dense. A côté d'eux un couple, la femme a des ongles verts et un dos nu. Mary la regarde beaucoup.

Plus loin un jeune homme en cravate assis à côté d'une grande fille en jaune. Il lui caresse la main et regarde droit devant lui. Effet surprenant.

Julien joue avec des pailles, il fait une construction.

— Le pont de Brooklyn est le plus beau, dit Julien. Il est le premier, il est le plus beau.

— Il n'est pas le premier, dit Anna.

— Pour moi il est le premier, dit Julien. Il parle fermement mais il a l'air mou, fatigué.

— C'est comme une cathédrale, essaye Julien. Sa voix se perd. Je vous l'ai déjà dit. Il a l'air étonné. Ce n'est pas une chose, on ne peut pas en parler.

Mary et Anna le regardent sans rien dire, en silence.

Anna pense que depuis qu'ils sont arrivés Julien a changé. Il a changé à son égard à elle, Anna. Elle se demande en quoi.

Julien a perdu de l'épaisseur. Il s'est réduit, pense Anna, il est devenu abstrait.

Elle se sent éloignée de lui, dans une proximité lointaine, comme pour un frère.

Chico vient s'asseoir. Il a terminé.

Il est ravi de la bonne entente de Juan et de Nathalie.

Des enfants vont et viennent, se lèvent et courent. Certains viennent à leur table, engagent quelque chose avec Nathalie, Juanito, repartent. Nathalie s'amuse beaucoup, Juanito aussi.

Deux garçons simples, T-shirts et jeans, se disputent. Injures, un coup de poing. On les sort.

Mary a recommencé à parler. Elle décrit d'autres clientes, la vendeuse qui travaille avec elle. Elle parle encore de sa patronne.

Julien et Anna écoutent.

Au bout d'un moment, Anna trouve que Julien regarde Mary avec ironie, avec un regard détaché, ironique.

C'est désagréable. En même temps, pense Anna sans comprendre, ça ne m'étonne pas.

Elle, Anna, trouve Mary de plus en plus jolie, attachante.

Mary se tait un peu. Plage de calme.

Juan demande s'il peut aller aux balançoires. Nathalie veut y aller aussi.

Chico dit : Bien sûr. Ce n'est pas loin, ils n'ont qu'à y aller tout seuls. Mary est d'accord.

Les enfants partent.

Julien est de mauvaise humeur, agressif. Il a renversé un verre et a seulement froncé les sourcils, sans s'excuser.

Chico et Mary échangent des informations. Écoles et cantines. Mary donne son numéro de téléphone à Chico, elle le donne aussi à Anna.

— Nathalie est une enfant exceptionnelle, dit tout d'un coup Julien.

Mary sourit. Après elle dit, Mais non.

Julien s'obstine.

Anna souffre de l'imbécillité de Julien.

Chico dit qu'il aimerait avoir un fils.

— Mais ce ne doit pas être facile, dit-il en regardant

Mary. Juan a dormi chez moi, la nuit dernière, raconte Chico. Ce matin, en me réveillant, je l'ai vu. Et tout d'un coup je me suis senti très vieux. Il rit. Je voyais ma vie entière, ma vie et ma mort.

Chico s'arrête un peu.

Les autres l'écoutent. Anna résiste à ce que Chico dit, elle se demande pourquoi.

— Je ne pensais pas à la mort violente, dit Chico avec une certaine emphase. Dans mon pays, j'ai souvent pensé que je pouvais mourir. Etre tué. Mais ce matin, je voyais toute ma vie, et la mort, il cherche, la mort simple.

Anna dit qu'elle comprend. Et pourtant, elle ajoute en riant, je n'ai pas d'enfant.

Elle a envie de taquiner Chico.

Mary dit aussi qu'elle comprend mais qu'elle, elle n'y pense pas beaucoup, à tout ça.

— Je devrais, peut-être, dit Mary. Mais je n'ai pas le temps.

— Le temps, ça n'a rien à voir, dit Chico.

— Mais si, dit Anna. Pour penser, il faut avoir le temps.

— Ça dépend des pensées, dit Chico.

Julien dit qu'il ne comprend rien à ce qu'on dit. La mort, dit Julien en fermant les yeux, on n'en a rien à foutre.

Anna déborde.

— Regardez-moi ça, dit Anna. Il parle comme un cow-boy.

Tout le monde rit, Julien aussi.

— On peut s'asseoir ?

C'est le couple qui a interpellé Julien l'autre dimanche.

Le garçon porte toujours son chapeau feutre, la jeune femme n'a plus l'air malade.

Ils vont prendre une chaise.

— On n'a pas dit oui, dit Julien. Il regarde le garçon. Laisse tomber.

— Laisse tomber quoi ? dit le garçon en souriant. Il tient la jeune femme par le cou.

Julien répète, Laisse tomber.

Anna dit :

— Mais ils peuvent s'asseoir.

Elle est curieuse.

Le garçon s'assoit aussitôt, il prend la jeune femme sur ses genoux.

Julien est très remonté.

Il attrape la jeune femme par le menton et la regarde dans les yeux.

— Toujours aussi belle. Mais toi, il ajoute, en regardant le garçon. Mais toi... Toujours autant de beaux discours, hein ? Fatigant.

— Dis donc, dit le garçon. Il veut rire. Julien est réellement furieux.

Anna est intéressée. Que peut être une colère de Julien ?

Mais Julien ne dit plus rien.

Les enfants reviennent.

Ils arrivent à la table en courant. Ils sautent partout, ils éclatent.

Nathalie a les cheveux défaits, les yeux brillants. Juan aussi est très beau.

Les adultes les regardent. Au bout d'un moment Julien leur demande s'ils veulent une glace.

Mary n'est pas d'accord mais elle cède.

Julien essaye de plaisanter avec les enfants. C'est impossible, les enfants sont surexcités, ils disent n'importe quoi, ils parlent dans tous les sens.

Julien est devenu taciturne.

Il a voulu prendre Nathalie sur ses genoux, elle s'est sauvée en riant.

Il lui a couru après, il l'a rattrapée et ramenée de force. Elle s'est débattue toujours en riant.

Juan est venu par derrière et a saisi une jambe de Julien. Julien a donné un coup à Juan, un vrai coup. Juan est resté étourdi. Il a saigné à la lèvre.

Tout le monde a regardé Julien.

Anna a eu mal au ventre.

Chico a sauté sur ses pieds. Il a dit à Julien, Dis donc, tu y vas un peu fort. Il a regardé Julien de travers et il a pris Juanito dans ses bras.

Mary a dit, Bon, il est tard, tant pis pour les glaces. Elle a pris Nathalie par la main et elle a fait un au revoir circulaire.

Tout le monde est rentré. Anna est rentrée seule, presque en courant.

3

Julien est retourné voir Anna, l'air dégagé.

Anna l'aurait volontiers cassé en deux.

— Nathalie m'émeut, c'est vrai, elle m'émeut. C'est comme ça, dit Julien. Il regarde Anna pensivement. Je ne vois pas ce que ça change. Bien sûr, c'est une enfant. Et alors, dit Julien. Et d'ailleurs, c'est quoi, une enfant ?

Anna est choquée.

Elle le dit à Julien, Tu me choques.

— Et toi, dit Julien, quand tu es comme ça, il se met debout, la tête en arrière, bien droit, planté, tu ne me fais aucun effet, aucun effet du tout.

Anna se détourne. Elle ne sait pas quoi dire.

— Ce n'est pas bien pour Nathalie, dit Anna. Tu l'embêtes. Les enfants avec les enfants, dit Anna. Les histoires des adultes, ce n'est pas leur affaire. C'est trop pour eux.

Julien regarde par la fenêtre. Après il sourit et il dit en regardant Anna dans les yeux :

— J'ai l'impression que tu penses que c'est trop, comme tu dis, pour moi.

Anna le déteste.

En même temps, le fait est là, elle ne sait pas quoi penser. Ils passent.

Anna et Julien allongés nus. Ils regardent le plafond.

— Tu m'aimes, demande Anna.

— Certainement, dit Julien.

Anna commence à caresser Julien.

— Moi aussi je t'aime, dit Anna.

— Comment ça, demande Julien. Il est intéressé.

— Ah, dit Anna. Je ne sais pas. Tu me fais penser à cette ville, dit Anna. Des fois, elle explique en continuant de caresser Julien, je vois cette ville comme une surface. Ni plus, ni moins. Une surface, dit Anna en passant la main sur le visage de Julien, ensuite elle descend, une surface avec des bosses et, Anna retourne Julien, avec des trous. Elle caresse ses fesses.

— Ah, dit Julien, il est sur le ventre. J'aime bien être une surface parmi d'autres surfaces. Mais, il se retourne et s'assoit, c'est le cas de tout le monde. Alors, dit Julien.

— Non, dit Anna, ce n'est pas le cas de tout le monde. Je t'assure. C'est très difficile, finalement, cette histoire de surface.

Je crois, dit Anna, que cela suppose une disposition intérieure.

Julien la regarde. Il répète, Une disposition intérieure. Il est pris d'un fou rire. Il rit et il rit. Il se tient le ventre.

Anna essaie d'abord de l'arrêter, elle met le bras autour de lui, elle veut l'étouffer. Ensuite elle aussi est prise, elle hoquette de rire, elle sanglote.

Un peu plus tard, Anna raconte à Julien l'histoire d'un homme qu'elle a rencontré récemment. Un beau garçon, dit Anna. Un musicien. J'aimais bien sa musique, dit Anna, et il avait très envie de faire l'amour avec moi. Mais très vite il m'a dégoûtée. Il me parlait, j'étais dégoûtée. Il me prenait dans les bras, j'étais dégoûtée. Elle s'arrête un peu. C'était comme quelqu'un qui pouvait mourir d'un moment à l'autre. Pas mourir, non, se dissoudre. Son corps, Anna touche le corps de Julien, et ses mots, c'était pareil. Quand il parlait, on avait l'impression que le corps bavait, partait en mots, en petits bouts de viande, gluants.

Julien fait une grimace.

— N'est-ce pas, dit Anna. Après, j'ai pensé que c'était peut-être toujours comme ça, quand ça n'allait pas, avec quelqu'un. Par exemple, dit Anna en riant, il y a cette fille que je connais. Elle me fait rire, elle se prend pour je ne sais quoi. Tu vois, dit Anna, elle se met les cheveux dans les yeux, elle change de voix, voix grave, profonde, un abîme, elle arrive, cette fille, elle parle de son travail, elle est peintre, elle me dit qu'elle a du mal à travailler en ce moment, on la sollicite de toutes parts, on dérange, elle dit, tu te rends compte, son débat intérieur. Et moi, bien sûr, dit Anna, je vois quoi ? ses intestins.

Julien rit. Anna dit, Et d'ailleurs elle est sale. Julien rit encore plus. Après il dit :

— Mais ce n'est pas la même chose que pour l'homme. Lui, il n'est pas ridicule. C'est différent.

Anna dit, C'est vrai. Après elle dit,

— C'est parce qu'il est un homme. Il n'est pas ridicule, il est dégoûtant.

Julien n'est pas du tout d'accord. Il dit :

— Les femmes veulent toujours qu'on ait le beau rôle.

Ils se disputent.

Anna est allée chez Mary.

Mary veut lui montrer la boutique.

Elles accompagnent d'abord Nathalie à une fête d'enfants, un anniversaire. Anna donne la main à Nathalie. Petite main délicieuse. Anna a l'impression d'y chercher quelque chose.

Nathalie est exubérante, très drôle. Elle raconte qu'à l'école elle a un amoureux. Elle pouffe. Anna remarque comment Nathalie peut utiliser les mots. Ce sont les mots des adultes bien sûr, et pourtant, elle en fait ses objets à elle. Elle les utilise avec un léger excès, un rire. Comme si, pense Anna, elle soulignait une frontière, une démarcation. Et, pense encore Anna, il y a le plaisir de la découverte.

Anna sent une pointe de nostalgie.

Elle serre la main de Nathalie, très fort.

Nathalie la regarde et dit, Aïe.

Anna se dit brusquement que, parfois, on doit vouloir tout tenter, mais tout, pour étouffer cette pointe, ce rappel.

Après, elle est fâchée avec le monde entier.

Une fois Nathalie déposée, Anna est très contente de se retrouver seule avec Mary. Mary aussi a l'air contente, elle s'étire.

La ville. Son désordre.

Ici un vieux quartier. Maisons étroites, couleurs pastel, douceur désuète, et à côté, des entrepôts, leurs grands espaces, une certaine saleté.

Anna et Mary éprouvent ensemble la joie de ce déploiement libre, de ce désordre. Elles se sourient.

Mary parle de Nathalie, comme si elle ne l'avait pas encore tout à fait quittée. Anna commence à parler de la rage qu'elle vient d'éprouver, mais elle s'arrête.

Elles croisent une dame avec un chat en laisse et Mary raconte à Anna l'histoire d'une de ses grandes tantes. Elle avait l'habitude d'adopter des chatons promis à la noyade, de les élever pendant quelque temps et ensuite d'aller elle-même les noyer.

— C'est horrible, dit Anna.

Toutes les deux restent en silence un moment, accablées.

Les rues s'élargissent, elles traversent une avenue. Mary fait un détour pour montrer à Anna la maison où elle aimerait vivre.

— Chaque fois que je peux, je passe devant, dit Mary en riant, elle m'appartient.

C'est une maison rose, à deux étages, festive. La porte d'entrée est sculptée et il y a un petit balcon.

— Nathalie l'aime aussi, dit Mary.

Anna trouve tout d'un coup Mary adorable.

— Vous êtes adorables toutes les deux, toi et Nathalie, dit Anna.

Mary pouffe comme sa fille.

Elles marchent. De temps en temps un arbre, noueux et vert, posé sur le trottoir, une vitrine encastrée, ses reflets. Rangées et murs, points de fuite. Au-dessus le ciel, le ciel qui s'ouvre et qui s'impose, qui impose son mouvement large et bleu, contenu.

C'est la ville, liberté et limites. On sent la tension dans le corps.

— J'aime tellement marcher dans la rue, dit Mary à Anna. Regarder les maisons, les pierres, les gens. J'accumule, j'accumule. Je pense par impressions, je veux dire, dit Mary, que le monde s'imprime sur moi. J'absorbe, une éponge.

— Ce n'est pas de la pensée, remarque Anna.

— Si, dit Mary. Tu vois, je ne lis pas vraiment les journaux, un peu, pas vraiment, mais je sais ce qui se passe et je réagis, je me fais mon idée.

— Tu te fais ton idée, dit Anna.

— C'est ça, dit Mary. J'ai une perception, une certaine perception de l'ensemble, des rapports entre les choses.

— Je ne crois pas que tu saches ce qui se passe, dit Anna. Il y a des mécanismes compliqués.

— Bien sûr, dit Mary.

Elles arrivent à la boutique.

La vieille patronne n'est pas là, il y a seulement l'autre vendeuse. C'est calme.

Mary veut faire essayer des robes à Anna.

Anna est intimidée, ensuite elle accepte.

La boutique est encombrée. Partout des vêtements suspendus, des cintres. Dans un coin une vieille malle en bois, avec des soldes, couleurs, matières, il faut fouiller. Mary tourne, très à l'aise, dans les tissus. Elle va chercher la robe bleue. Elle est longue, serrée, avec des petits boutons de toutes les couleurs.

Anna la met, Mary la trouve formidable.

— C'est une robe pour une femme amoureuse, dit Mary. Tu montres tout, mais discret. On n'est pas obligé de voir.

Elles parlent des hommes. Anna parle de Julien.

— Mais, précise Anna, je ne suis pas amoureuse.

Mary n'est pas sûre.

Anna demande à Mary ce qu'elle pense de Julien.

Mary dit qu'elle le trouve très beau, trop beau, presque.

— Avec Julien, dit Mary, je me sens toujours en faute. Cette beauté qu'il a. Même quand il ne parle pas, j'ai l'impression d'être accusée.

Anna fronce les sourcils. Après elle dit :

— C'est parce que tu te laisses prendre.

— Peut-être, dit Mary. Mais pas seulement.

62

Mary et Nathalie. Leur espace libre, contraint.

Quand elles rentrent de l'école souvent Mary met un disque, elle prend Nathalie dans ses bras, et elle tourne, elle danse. Ah ma jolie, ma jolie, est-ce que tu sais que je t'aime. Nathalie dit oui.

Juste en bas, une boulangerie. Les bonbons, les petits pains. Un rituel. Passion de Nathalie.

Leur maison, l'appartement. La grande cuisine bleue et jaune, les couleurs crues. Passage. L'escalier fait rire, il monte tout de travers.

La vie est rythmée. Les semaines, les jours fériés. Un cadre, c'est heureux. Les dates viennent du dehors, elles sont données en somme.

Vie simple, si on veut. Vie précaire, sans repli. Grandes espérances.

Horaires bousculés, transports et courses. Mais le temps est là, devant soi. On n'y est pas encore.

Mary attend.

Le matin, l'euphorie du départ, et le soir, le lent plaisir du retour. Le va-et-vient de la séparation. Il ne s'épuise pas. Cette Nathalie.

Parfois Mary emmène Nathalie à la mer, en train. Dans les vagues et le vent, elles courent, elles sautent, elles se retrouvent. Elles font des châteaux, les jambes écartées dans le sable. Elles mangent des moules. La mer s'étend devant elles, la grande mer salée, et Mary les voit toutes les deux, elle se voit avec Nathalie, deux figures minuscules, au milieu des éléments. Au milieu de la grandeur des éléments, pense Mary, de leur bonté. Elle est émue.

Les tentes rayées, les chaises longues. Mary raconte à Nathalie son enfance.

Dans le train elles discutent, Nathalie dessine. Mary fait des rencontres.

Mary pense souvent, entreprendre quelque chose avec un enfant, c'est la façon la plus absolue d'entreprendre. Pourquoi ? Elle ne sait pas. On en revient à l'origine, à la chose nue.

Un enfant, pense Mary, est fait de la même matière que l'attente. Et Mary, sans se le dire, aime cette attente, dénuée de direction précise, pourtant vigilante et pleine.

Mais parfois, non. Mary bute. Tout est fini, déchiré, en bribes. Elle revendique, très faible.

Ce que Mary se reproche alors avec dureté : quand une mère est malheureuse, ah, quelle enfant produit-elle ? Toute mère le sait, crie Mary, que le malheur est une vengeance, aussi. Et Mary a l'impression de suivre un chemin déjà tracé, depuis avant sa naissance, un grand corridor. Quand elle se fâche avec Nathalie, se bagarre. Elle déteste. La honte, et ce sentiment d'être agie.

A quatre ans Nathalie a fait une fugue, elle est partie, en riant. Course livide de Mary. Bien après seulement elle s'est souvenue, elle-même avait fait une fugue, et à quatre ans. La chaîne des mères.

La mère, la fille. Le matin, un petit pain savoureux et grillé, son fumet.

Le repas, du vite fait. Omelettes. Ou alors on traîne, frite après frite.

Elles vont, marchant dans les rues de la ville, elles se tiennent la main. La ville s'ouvre pour elles. Les places et les squares, leurs grillages légers, les maisons. Mary montre à Nathalie les lumières derrière les fenêtres, elle invente, Nathalie s'amuse.

Elles écoutent les musiques qui arrivent des cafés, parfois elles s'assoient, elles repartent. Nathalie a une très bonne mémoire, elle retient les airs, elle chantonne. Mary admire sa fille.

64

Chico vient aussi voir Mary, d'abord avec Juanito. Les enfants jouent très bien, ils se tyrannisent et s'apprécient, Chico et Mary boivent un café.

Mary aime voir des hommes dans sa maison. Elle aime les voir se déplacer dans son espace, s'asseoir sur ses chaises, manger. Quand il en vient, elle a l'impression que les meubles, les objets, bougent légèrement, s'affermissent et se renouvellent. Elle aime montrer, aussi.

Chico s'installe dans la cuisine, il parle du quartier, des couleurs vives de la maison, il regarde par la fenêtre. Les enfants dansent dans la pièce à côté. Chico et Mary boivent leur café, Chico regarde beaucoup Mary, sa figure, son corps.

Il la complimente sur son café.

Le soir, il revient et l'emmène dans un restaurant latino-américain, ils mangent des haricots noirs très pimentés et ils boivent beaucoup. Chico est de plus en plus tendre avec Mary.

Il lui parle de son pays et il lui dit qu'il veut ouvrir un restaurant.

— Je le veux tellement, dit Chico, si tu savais. Un petit morceau de mon pays, ici. Je mettrai de la musique, des journaux.

Mary est impressionnée. Un désir si précis.

Elle demande :

— Tu n'as pas peur que ton restaurant maintienne chez toi un regret de ton pays, une nostalgie ?

Chico dit non, qu'il pense le contraire. Il reste rêveur.

Ils rentrent du restaurant, lentement, à pied. La nuit est souple et noire, avec une petite brise douce, comme superflue. Chico s'arrête de temps en temps et embrasse Mary sur la bouche. Il lui caresse les seins. Ils prennent tout leur temps et ils arrivent en titubant.

Chico fait l'amour d'une façon passionnée, et excessive, bruyante. On subit, on agit, et il y a comme une scène, on se voit en même temps. Mary adore. Elle le trouve un peu lourd, avec sa moustache et son air sérieux, et elle aime vraiment, ah oui, cette pénétration un peu lourde, enveloppée, maternelle.

Au milieu de la nuit Chico se lève pour aller boire un verre d'eau. Quand il revient, il déclare :

— Je préfère les femmes qui ont des enfants. Elles sont plus douces.

Mary fait la moue.

Le lendemain matin, ils prennent le café. Chico est très heureux. Tu es belle, dit Chico à Mary.

Mary aussi est de très bonne humeur.

— Tu me fais penser à une femme de mon pays, dit Chico. Il soupire.

— Une femme que tu aimes, demande Mary. Elle se doute.

— Une femme que j'aime, dit Chico.

— Pourquoi elle n'est pas venue avec toi, demande Mary.

— Elle ne peut pas, dit Chico. Elle est mariée.

Il va s'appuyer contre la fenêtre. Mary est agacée. Un peu jalouse, et agacée. Chico pose un peu.

Chico la regarde, il doit se rendre compte. Il se met à siffler un air de tango, il fait les pas. Mary rit.

Chico rit aussi, et dit :

— Mais c'est vrai, je l'aime.

— Tu l'aimes, répète Mary.

— Elle m'aime aussi, dit Chico. Mais elle est mariée. Chez moi, ça compte.

— Oui, dit Mary. Après elle dit, Tout de même, ça ne peut pas être l'essentiel.

Chico ne dit rien.

Chico. Il intrigue Mary. Elle n'arrive pas à cerner en quoi. Bien sûr, il vient d'ailleurs.

— Mais, dira plus tard Mary à Anna, et alors ? En tout cas, dès le début quand on s'est rencontrés, a dit Mary, il avait déjà beaucoup d'idées sur moi.

Plein d'idées, a dit Mary. Par exemple, elle a ri, il était tout prêt à me trouver admirable.

— Ah oui, a dit Anna.

— Évidemment ça ne me convenait pas, a dit Mary. Je ne demandais pas ça. Et pourtant, au fond, j'aime bien qu'il ait eu des idées sur moi.

Anna a réfléchi. Après elle a dit que Julien, lui, n'avait sûrement aucune idée préconçue sur elle. Et moi, a-t-elle ajouté, ça ne me plaît qu'à moitié.

Quand il marche dans la rue, Chico s'intéresse à tout, il s'arrête pour regarder, il fait des pauses. Il commente. Il participe. Il se mêle.

Une fois Mary lui a demandé pourquoi il était obligé de s'arrêter pour voir.

— Moi, a dit Mary, je vois de toute façon.

— Toi, a dit Chico, tu es une femme.

— Et toi, a dit Mary, tu dis n'importe quoi.

— Non, a dit Chico. Regarde.

Il l'a prise dans ses bras et l'a embrassée très fort sur la bouche, très longtemps, les jambes dans les jambes. Mary a fermé les yeux.

— Maintenant dis la vérité, a dit Chico à Mary en la relâchant, est-ce que tu savais ce qui se passait derrière toi, autour de toi, oui ou non.

Mary a souri.

— Je le savais.

— Tu vois bien, a dit Chico en l'embrassant sur le nez. Sorcière.

Oui, ces notions qu'il a, qu'il peut avoir. Souvent elles l'entraînent à soupirer. Mais soupirer, on le remarque vite, il aime ça.

— Mon père a toujours soupiré, dit Chico, et moi, maintenant, je fais comme lui.

Ce n'est pas de la tristesse, dit Chico. Plutôt un sentiment d'appartenance. Chez vous, dit encore Chico, et Mary n'aime pas du tout quand il dit « chez vous », vous n'avez pas ça.

Bien sûr Mary, fâchée, lui demande de quoi il parle, des soupirs ou de l'appartenance et Chico hausse les épaules et dit qu'il parle des deux.

Chico s'entend très bien avec Nathalie. Il l'emmène au cinéma avec Juanito et quand il vient voir Mary, il lui lit une histoire. Mary les regarde assis côte à côte sur le canapé clair et lisse, un homme et une petite fille, une représentation naturelle, et quand Chico lui dit, ce qu'il fait souvent, combien il trouve Nathalie vivante, jolie, Mary, heureuse, se rengorge.

Une fois Chico a reparlé de l'incident du parc, de Julien. Il a dit, il est vraiment fou ce type, ou une chose de ce genre, et que lui Chico, s'en méfiait. Du coup Mary a dit qu'elle pensait qu'Anna aimait beaucoup Julien, qu'elle, Mary, le trouvait très intéressant, et que Chico n'avait qu'à garder pour lui ses idées toutes faites, ses a priori a dit Mary.

Mais ce n'est pas sous le signe d'un quelconque énervement que Mary et Chico, Julien et Anna, se retrouvent peu après un soir pour dîner dans un restaurant du port. Non, c'est un soir large et chaud, un soir étalé, ouvert et plein, et tous les quatre sont là, légers et jeunes sous le ciel de la ville, de bonne humeur.

Le restaurant est sur les quais, entre les docks et des grues, des hangars. En face une grande jetée, ses blocs de béton, ses cordages. Caisses diverses, une petite voiture isolée et l'agitation du soir.

Sous la jetée entre les piliers passe l'eau du fleuve, remuante, déjà mélangée et verte.

Cris de mouettes.

L'océan. Quel est son lien à la ville ? Il bouge autour d'elle, il l'enveloppe. Il lui envoie ses vagues et sa brume, il donne un mouvement particulier à son ciel. Anna a cette sensation d'être sur un bout de terre, une extrémité, et elle imagine comment l'océan arrive sous la ville, comment il s'infiltre en elle. Elle a un grand sourire, et, comme dirait Julien, ses yeux de vent. C'est elle qui a choisi l'endroit, et là, assise, les coudes sur la table, elle pense à des choses vastes et confuses, agréables.

Les autres ne pensent pas à l'océan.

Mais tout le monde aime le port.

Ils ont pris une table dehors, sur le quai.

Beaucoup de monde, des gens très variés. Cols roulés, nœuds papillons. Sonorités aiguës et rondes.

Un homme musclé est adossé à un mur en face, les épaules bien à plat, les mains dans les poches. Silhouette moulée contre le mur de briques. Son T-shirt blanc. A côté de lui une fille longue et blême aux formes précises, attendues. Elle se maquille, l'air sévère, en se regardant dans une petite glace.

Jeux de cigarette, tatouages. Souvenirs de film en surimpression.

Quelques policiers circulent, bien visibles, avec leur bâton phosphorescent.

Julien suit les gens des yeux. On ne peut pas dire qu'il imagine leur vie, il observe plutôt des figures, avec un contour net, renforcé. Plaisir du trait. Figures colorées, d'une pièce, images reconnaissables. Hommes louches, femmes prostituées. Un décor. Il y a son envers, aussi, exact, on est tout près du grand quartier d'affaires et on voit venir dîner les hommes descendus des plus hauts gratte-ciel, leurs femmes élégantes et fraîches.

Julien goûte ce mélange sans confusion, ces oppositions bien délimitées, ces histoires de pile ou face. Il croit le savoir, comment les gens sont précipités dans des rôles. Oui, Julien est sensible au code. Il apprécie les images et les figures, les décors. Il n'est pas le seul, mais plus que d'autres peut-être il y trouve une nécessité. Le plus souvent il n'en ricane pas.

Ce soir Julien porte un pantalon large et blanc en toile avec une braguette compliquée, à boutons. A une question d'Anna il a dit que c'était un pantalon de marin.

Il est tranquille, tout au plaisir de regarder.

De l'intérieur du restaurant vient une musique, du piano.

Ils prennent l'apéritif. Cocktail maison, bien fort.

Anna et Mary sont allées admirer le grand aquarium, le vivier. Langoustes oranges, et monstrueuses, désarticulées, elles bougent entre des herbes rares, derrière des vitres vertes. Évocation primitive. Les deux femmes reviennent perplexes.

Chico. Il est très amoureux, ce soir. Pour lui ce soir est un soir d'amour. Il l'a dit à Mary en lui montrant les nuages transparents en train de glisser sur le ciel courbe. Maintenant Chico pense à Mary. Il pense d'une façon très précise. Comment il tiendra ses jambes et sa taille. Les initiatives qu'il prendra. Les demandes qu'il fera.

Les pensées de Chico flottent, larges et présentes comme la nuit, et, c'est certain, on les sent. Elles flottent entre Mary et Chico, et Julien, et Anna, elles flottent et font tourner, elles rapprochent, elles séparent.

Anna a mis la robe bleue, Mary lui a prêtée. Elle a un parfum de vanille dans les cheveux. Mary a mis une robe très décolletée.

— C'est en l'honneur d'une femme qui est venue à la boutique cette après-midi, annonce Mary. Elle était tellement belle. Et ce qu'elle avait surtout d'extraordinaire, c'était les seins. Des seins inoubliables, dit Mary. Des seins hauts et pleins, des vraies pyramides. Je ne pouvais pas m'arrêter de les regarder, j'aurai voulu, ah, les garder dans mes mains.

Elle fait le geste. Elle s'arrête un moment, les yeux vagues. L'image des seins est là.

Elle continue :

— Son homme était avec elle, et, comment dire, on voyait qu'il en tenait compte, tout le temps.

— Comment ça, demande Anna.

— Dans sa manière de se placer à côté d'elle, devant, derrière. Il en tenait compte.

— C'était désagréable ? demande Anna.

— Non, dit Mary. Non, au contraire. C'était exactement ce qu'il fallait.

Ils se concentrent sur le menu. Poissons grillés, fritures et salades. Vin blanc.

La chaleur.

La chaleur s'installe et circule, superposée, multiple. Chaleur du restaurant, fumante et humaine, et liée, chaleur de la ville, plus abstraite, brutale et métallique. Elle peut être compacte et fissurée, parfois, un ciment.

Le ciel aussi est chaud. Son halètement.

Discussions. Appels.

71

Un monsieur avec une boucle d'oreille et un petit singe a joué un air mélancolique et sobre avec un violon.

Le vin passe, la bière. Des laits, des jus de fruits.

C'est la ville, le soir. Il y a une force connue et imprécise, qui descend, légère et ferme, qui descend, qui reste.

Représentations diffuses et lourdes, comme une tâche à venir, un destin. On voit se dessiner des mouvements sexuels et longs, achevés, qui durent la nuit entière. On se défait, on se déplie. On est sensible à tout.

Entre les immeubles, ce ciel, électrique. Des petites boules de tension courent, se déplacent.

Des trous, des éclairs de chaleur.

Anna. Ce qu'elle pense de Chico. Elle le trouve solide. Elle aime sa carrure. Elle imagine comment il caresse Mary, les mains bien à plat, peau contre peau. Un explorateur, Chico, attentif. Il cherche le détail émouvant, pense Anna, le grain de beauté. Il cherche, il trouve. Il fourrage, il s'introduit.

Il se roule, aussi, rêve Anna, il s'éprouve, tout entier. Baisers rapides, petites touches, commencements. D'autres fois on doit s'endormir à moitié avalée.

De temps en temps un bruit sourd, lointain, un appel de bateau.

Mouvement de l'eau, incitation à raconter. On remonte des pentes, on s'attarde sur des plages.

— Moi je suis né de l'autre côté du pont, commence Julien.

Il ne dit rien d'autre.

Anna le regarde, Mary regarde Anna.

Julien est très beau. Il est encore plus beau quand il se tait, se dit Anna. Elle sourit intérieurement, comme si elle se saluait. Mais oui, salut, Anna.

Un couple arrive, la femme est très enceinte. Chico la

regarde longtemps, après il dit qu'elle porte bien son enfant et qu'il aime les femmes enceintes, épanouies, dit-il. Julien se fige un peu.

— Tout à l'heure sur le poste j'ai entendu une musique que j'aimerais vous faire écouter, dit Chico. Un tango. Bandonéon et voix. Quand on l'écoute, on sent un mouvement, une puissance étonnante. Une chose rare, exceptionnelle, et en même temps, si humaine. C'est la passion, dit Chico.

— Ah oui ? dit Julien. Il demande.

— Oui, dit Chico. La passion. Il boit tout un verre de vin, d'une traite. Les autres attendent.

Mary le trouve attendrissant. Un peu mélodramatique, et attendrissant.

Après, Chico dit :

— Mais la passion, on ne la trouve pas toujours. Il faut des contradictions. La passion se développe quand il y a des difficultés, elle se développe contre des obstacles.

Ici, ajoute Chico avec un regard circulaire, vous ne connaissez pas tellement ça, il me semble.

Tout de suite, les autres sont mécontents.

— La passion, mais elle existe ici, dit Anna, autant que n'importe où. La passion ne dépend pas des obstacles, ce n'est pas vrai.

Elle se demande pourquoi elle trouve normal l'enthousiasme chez une femme et toujours un peu suspect chez un homme.

— Tu crois vraiment qu'ici il n'y a pas de difficultés, que la vie est si facile, dit en même temps Mary. En plus... elle ne termine pas sa phrase, elle la termine dans sa tête, elle pense : Tu me blesses.

— On dirait que pour toi la passion est une chose qu'on mérite, dit Julien. Une chose dont il faudrait être digne.

— Je n'ai pas voulu dire ça, dit Chico. Il prend la main de Mary.

— Je pense, dit Julien en continuant, que les obstacles, les difficultés, empêchent plutôt ce que tu appelles la passion. Regarde les gens en prison, dit Julien. Comment ils sont mornes.

— Pas toujours, dit Chico. Au contraire.

Et d'ailleurs, dit Chico en remplissant les verres, je parlais des difficultés morales, plutôt, des obstacles disons spirituels. Des croyances. Il lève son verre.

— Allez, un toast. A la passion.

Julien lève aussi son verre. Il montre une femme d'une beauté virile, remarquable, maquillée de façon excessive. Elle est assise, très déshabillée, à côté d'un jeune homme blond et elle lui parle, d'une voix rauque, sans arrêt.

— Enfin, dit Julien, voilà une femme de passion.

— Tu crois, dit Chico.

Ils trinquent tous les quatre.

Anna aurait voulu continuer, poser des questions. Elle se demande pourquoi Julien a parlé de la prison. En même temps, elle a un peu honte, elle ne dit rien.

On leur apporte leurs plats. Ils sont tous satisfaits. Ils mangent, chacun goûte le plat des autres, ils commandent une deuxième bouteille.

Le restaurant se remplit. Sueurs et parfums. Brouhaha.

Un homme en chemise à carreaux a demandé un homard et il le mange tout seul avec de la mayonnaise. Mary fait un commentaire facile.

Un couple de chinois est assis devant un grand tas de moules vides, l'air heureux. Ils sont vieux et ridés, en costume traditionnel, et ils se tiennent la main sous la table.

Un petit garçon et sa mère. Le petit garçon mange du beefsteak haché, la mère boit une bière, elle rêve.

Plus loin, une fille et un garçon, un couple gros et sauvage.

Une petite brise. On sent l'océan. Il va, il vient, il roule son eau.

Anna se met à parler de l'océan. Elle est persuadée que l'océan est une sorte de réalité ancienne, comme un monde plus vaste et plus réel qui entourerait celui-ci et dans lequel parfois, dit-elle, on s'apercevrait qu'on vit.

Les autres l'écoutent.

La chaleur est devenue plus humide.

Chico est très heureux. Il a raconté une histoire très longue et très drôle avec des détails, des rebondissements, une histoire de paysan endetté et malin. Il joue avec les cheveux de Mary, avec ses doigts.

Anna le regarde, elle est séduite et un peu jalouse. Julien est tellement calme.

Un jeune homme trop blanc avec des yeux rouges et des cernes s'assoit à une table proche. Il tousse longtemps et crache dans un mouchoir. Ensuite il dit à la cantonnade, très fort, tout le monde peut entendre :

— Dieu m'a déçu, et depuis je suis malade. Il répète la même phrase plusieurs fois. Il est vraiment convaincu.

Il accentue tantôt un mot, tantôt un autre.

Tous les quatre le regardent. Il est saisissant. Il s'arrête. Après il dit, encore plus fort, en détachant chaque syllabe :

— C'est tout. C'est tout et je n'ai rien d'autre à dire.

Il regarde nettement Anna. Anna ne peut pas s'empêcher de murmurer, en baissant les yeux sur son assiette :

— « Tout », et « Rien ».

Un silence.

Mary dit :

— Je n'aime pas les gens qui se vantent. Ça me dégoûte tout de suite.

— Il y en a que ça fascine, dit Anna.

— Je sais, dit Mary.

Chico est conciliant. Il dit :

— Je le comprends, moi, ce garçon. Chez nous, on en trouve beaucoup comme lui.

— Mais quel mensonge, dit Mary. Elle insiste, elle est sérieuse.

— Pourquoi, dit Julien. C'est vrai que Dieu est décevant, dit Julien en rigolant. Il continue à rire pendant un moment. Anna a l'impression qu'il se force, qu'il veut se moquer de Mary.

Elle pense tout d'un coup à Nathalie. Cette pensée la surprend et la rend triste, ou plutôt, désolée.

Chico aussi a dû percevoir dans le rire de Julien une intonation qui lui a déplu. Il fait un clin d'œil à Mary et marmonne quelque chose de confus sur la nostalgie.

— Mais il n'y a pas de quoi rire, ajoute-t-il.

Anna dit qu'elle aimerait un dessert.

Elle commande une glace exotique. Mary veut une crème. Julien et Chico boivent un alcool.

Le restaurant est devenu calme. Le jeune homme aux yeux rouges est parti sans consommer.

Un lampadaire a été allumé et brille, incongru.

Les tables naviguent dans l'air du soir. On est soutenu par la chaleur.

Plus loin, un couple est en train de s'embrasser. On voit leurs jambes mêlées sous la table.

Tout le monde est un peu ivre.

De nouveau Chico pense à Mary. Il l'a regardée en train de manger la crème. Petite cuillère, coups de langue. C'est très joli.

Chico pense en souriant vaguement qu'une femme en train de manger est une chose émouvante. Comment elle nourrit ce corps.

— Toi, tu es un homme du XIXe siècle, dit tout d'un coup Julien à Chico.

Chico n'a pas l'air vraiment étonné.

— Et toi, dit Chico à Julien, tu es un homme rempli de vide.

Tension.

Les deux hommes se regardent.

Bien sûr il y a une ironie qui circule, mais on ne peut pas ne pas penser à une représentation classique, une scène d'affrontement.

Mary se met à parler très vite.

— J'ai cette amie, dit Mary, elle est bavarde, mais bavarde. Elle parle tout le temps, elle ne peut pas s'empêcher. Je l'ai rencontrée avant de venir. On a parlé de vêtements, ensuite elle a parlé de couleurs, ensuite de loyers, elle continuait, elle continuait. On dit un mot et elle enchaîne. Elle est très jolie et très vive, d'abord on a l'impression de la voir sauter d'un mot à un autre, d'une phrase à une autre, mais après un moment on n'en peut plus. On ne retient pas ce qu'elle dit. Je crois, ajoute Mary que ça lui est égal. Et pourtant, elle tient absolument à ce qu'on soit là, dit Mary.

C'est étouffant, dit Mary, accablée.

— Elle doit se sentir coupable, dit Julien.

Il rit. Il est tellement beau.

D'un coup, un calme, un apaisement.

L'apaisement persiste. La petite brise, l'air du soir. La plupart des gens traînent. Desserts, alcools.

Le ciel s'est élargi, il est devenu plus léger. Nuages très fins, jolis nuages.

Une tranquillité. On se connaît un peu.

Julien parle d'un film qu'il a vu la veille, une histoire de vampire et d'amour. Anna a vu un drame antique, elle mime une scène, les autres apprécient.

Un vieux monsieur avec un pull-over en laine se gratte systématiquement les bras, la nuque. C'est drôle.

Un couple de femmes, très, très douces. Elles se fondent et leurs gestes prennent une ampleur magnifique, inquiétante.

Une petite fille entre ses deux parents. Elle a une queue de cheval et une robe rose. Grande présence. Son rire d'enfant.

Anna la regarde. Elle n'est pas aussi jolie que Nathalie, pense Anna.

Elle se sent brusquement préoccupée.

— Il y a toujours une limite, dit Anna.

— Une limite ? demande Julien.

— Oui, dit Anna, une limite. Il doit y en avoir de différentes sortes, je suppose, dit Anna. Mais il y en a toujours.

— Je ne comprends pas ce que tu veux dire, dit Chico.

— Par exemple, dit Anna, j'ai appris une chose il n'y a pas très longtemps. Il y a des gens, Anna parle très lentement, qui habitent la ville appelée Auschwitz. La ville qui était à côté du camp d'extermination. Ils habitent là, maintenant.

— Ils habitent là, répète Julien.

— Ils habitent là. Ils n'ont pas bougé. Ils vivent dans ce mot là, dit Anna.

Julien la regarde. Après, il dit :

— C'est fou.

— C'est exactement ça, dit Anna. Fou.

Après un moment, elle dit :

— Eux, ils n'ont pas trouvé de limites. Pour eux, la vie, la mort, c'est pareil.

Un autre silence. Un terrain vague, confus. Anna regarde Julien.

Elle ne sait pas pourquoi, elle éprouve le besoin d'insister.

— Oui, pour eux, la vie, la mort, c'est pareil. Ou plutôt, dit Anna, ils ne sont ni morts, ni vivants.

— Comment peux-tu dire ça, demande Julien. Il a haussé les épaules. Il suit des yeux un couple qui est en train de se lever pour partir, un petit couple d'adolescents, fluets.

— C'est comme ça, dit Anna. Je le sais. Je sais qu'il y a des gens qui sont des morts-vivants.

— Mais, explique-toi, dit Chico.

— Ces gens-là, qui habitent cette ville, dit Anna, sans doute ils mènent une vie normale, ils vont, ils viennent, ils ont des envies, ils font des choses, ils jouent, ils rient, mais je suis sûre, la voix d'Anna souligne, qu'au fond ils sont indifférents à tout. Ils n'éprouvent rien.

— Parce que ? demande Chico. Il est très attentif.

— Parce qu'ils n'ont pas fait de démarcation, dit Anna. Ils n'ont pas fait de démarcation entre cette chose qui s'est passée là, chez eux, et le reste. Ils ont laissé un mélange se faire. J'ai appris, dit Anna, que certains, beaucoup même, habitent maintenant les maisons de gens déportés, les maisons de gens qu'ils ont connus, avec qui ils ont joué, enfants, par exemple. Après ça, tout devient égal. Tout devient pareil, dit Anna, tout se vaut.

— Je comprends ce que tu veux dire, dit Chico. Chez nous, on a fait ça aux Indiens.

— C'est quoi, indifférent, demande Julien. Il regarde Anna avec les yeux à moitié fermés comme il sait le faire. Anna déteste ce regard, elle lui a déjà dit.

Elle secoue la tête. Elle ne dit rien pendant un moment.

Personne ne parle.

Une femme passe avec un accordéon. Elle est maigre,

très ridée, avec des cheveux blonds, des filaments. Elle joue une marche et avance, émue, d'un pas saccadé, portée par sa propre musique.

Anna la suit des yeux, les autres aussi.

Après Anna dit :

— Pourquoi tu poses une question pareille. On le sait bien, quand les choses ont un sens, ou au contraire, quand on est indifférent à tout. Indifférent à l'intérieur, dit Anna.

De nouveau un silence. Un malaise.

Mary dit, après quelque temps :

— Tu ne penses pas que cette indifférence dont tu parles, cette absence intérieure, tout le monde peut la connaître, parfois ? Que c'est une chose qui arrive à tout le monde, par moments ?

Julien est enragé. Il se tourne violemment vers Mary, Anna a l'impression qu'il lui cracherait dessus. Il dit :

— Tout le monde, tout le monde — Et toi, tu connais ça ?

— Peut-être, dit Mary. Elle regarde Anna.

— Ces mères, dit Julien très méchamment, elles comprennent toujours tout. Mais je voudrais vraiment, il s'adresse à Anna, que tu me dises comment il est, ce mort-vivant ?

— Pourquoi tu te fâches, demande Anna exprès pour le fâcher. Elle se sent mauvaise, gamine. C'est quelqu'un, dit Anna, qui peut être très brillant, et puis il s'éteint. Il s'éteint, répète Anna. Il peut faire ceci ou cela, dit Anna, elle est en train de regarder le restaurant, les gens, il peut avoir des goûts, des plaisirs, mais rien ne le tient. Au fond. Il n'est nulle part, dit Anna.

Elle s'arrête un peu. Elle ajoute, elle sent qu'elle en fait trop mais voilà, elle ne peut pas s'empêcher, elle prend une attitude, ce regard lointain :

— Quelqu'un comme ça croit comprendre mais

en réalité il ne comprend rien. Il n'est nulle part, répète Anna.

— Ah bon, dit Julien.

Il ricane.

Il est assis absolument immobile, crispé, une statue.

Au bout d'un moment Anna le regarde. Elle croit voir au coin des lèvres un petit signe, un frémissement.

Brusquement Julien se lève et se penche sur Anna. Il lui prend le visage entre les mains et l'embrasse sur la bouche. Il l'embrasse loin, c'est un baiser avec la langue, tout le monde peut voir, il force le passage, il bouge les épaules, il respire très fort, il fait non avec la tête, il ferme les yeux.

Anna se débat.

Julien lâche Anna.

Anna gifle Julien.

Julien rit.

Quelqu'un a sifflé, un sifflement d'admiration, deux ou trois tables plus loin.

— Bon allez, dit Julien à Anna. On fait la paix. On s'aime.

— Je ne sais pas, dit Anna.

Chico et Mary, gênés. Chico crie au garçon d'apporter d'autres alcools et l'addition.

Tout d'un coup, Anna n'est pas en colère, même pas triste. Elle est inquiète, comme si Julien était parti.

Ils boivent tous les quatre leur alcool sans rien dire. Julien sifflote ensuite il s'arrête. Chico caresse les cheveux de Mary.

Autour, les tables abandonnées, l'espace nu de la ville.

La nuit.

On voit les lignes du ciment, l'étalement de ses taches, ses nuances. En face le mur en briques, bien droit.

Les hommes payent, théâtralement. Les femmes étaient invitées.

Anna demande à Julien de la mettre dans un taxi. Julien rentre à pied, les mains dans les poches. Avant de monter chez lui il s'arrête dans un bar et boit une bière. Il a la tête absolument vide.

Chico et Mary vont chez Mary. Dans l'escalier Chico arrête Mary et la prend dans ses bras. Il l'embrasse. Il embrasse les mains, les coudes, les bras, le décolleté. Il remonte, dans le cou.

Mary donne.

Chico soulève Mary, il la porte. Mary se laisse porter, elle est toute molle. Ils entrent, Chico tourne, il danse silencieusement dans les pièces, Mary va regarder Nathalie. Nathalie dort.

Quand elle revient Chico est déjà nu. Mary, bouleversée d'un coup par la nudité de Chico. Elle se penche, elle enserre les genoux de Chico, elle lui embrasse.

Les genoux de Chico semblent à ce moment-là à Mary la chose la plus émouvante du monde, la plus douce et la plus rugueuse, la plus humaine. Des bosses, voilà. Articulées, utiles.

Mary les embrasse.

Chico se penche sur la tête de Mary, il touche sa nuque du bout des doigts. Il a une envie prodigieuse de pénétrer à l'intérieur de Mary, et en même temps, il ferait tout pour différer ce moment.

Il caresse le cou de Mary, il essaye de caresser les seins.

Mary commence à lécher la verge de Chico, Chico voit Mary qui halète et brusquement tous les deux sont pris dans un mouvement, un état enveloppant, brutal.

C'est comme une bascule, une couleur.

Tout change. Il faut.

Chico descend à côté de Mary et la déshabille.

Il la pose sur le lit et entre tout de suite dans son corps. Mary soupire.

Tout de même, dit Chico, il est en train de fumer une cigarette, ça ne m'a pas plu, comment elle a parlé, Anna. Au début, oui. Mais après elle parlait comme si elle savait tout. Elle parlait comme si c'était un cas, Chico se tape le front, tu vois ce que je veux dire, oui, un cas. Ça ne va pas, de parler comme ça, dit Chico.

Mary écoute, elle ne dit rien, par solidarité, en somme, avec Anna. Mais au fond elle pense la même chose.

— Mais comment voudrais-tu qu'elle parle, demande Mary.

— Je ne sais pas, dit Chico. Il regarde un sein de Mary, le sein durcit. Chico le cajole et le cajole. Mary gémit. Au bout d'un moment Chico met la main sur le sein de Mary et s'arrête. Il dit :

— Je t'aime. Ensuite il dit :

— Ça ne va pas. Ce ton pénétré qu'elle a pris. Il aplatit tout.

Mary le regarde. Après elle dit :

— De toute façon, elle le cherchait. Anna cherchait Julien, dit Mary.

— C'est sûr, dit Chico. Il recommence à embrasser Mary. Petits baisers doux, sexy. Entre deux baisers, il murmure :

— C'est toujours mauvais, la provocation.

Mary rit.

4

Anna. Elle marche dans sa maison, elle regarde par ses fenêtres, elle pense.

Elle veut penser à la scène du restaurant, mais elle n'y arrive pas.

Dehors, le ciel très bleu avec des nuages blancs. Nuages compacts, en volumes, qui passent, sans rapidité, avec mouvement, qui passent et font des taches blanches, épaisses sur le ciel bleu.

Anna boit du café et marche.

Elle se revoit, assise avec Julien, dans un petit bar au bord de l'eau. Petit bar en bois, démoli et précaire, plaisant. Ils sont assis dehors au milieu de la nuit, sous des lumières très fortes.

Julien et Anna ivres tous les deux, basculant.

Force de cet instant, force et présence.

Julien parle beaucoup, c'est la seule fois, Anna se fait maintenant le commentaire à voix haute, en buvant son café et en revoyant l'image. Il tient Anna par le cou et il parle.

Comment, se demande maintenant Anna.

Il y avait ce qu'il racontait, les anecdotes, un épisode

de sa vie, Anna ne se souvient pas, mais dessous on sentait une deuxième parole, qui courait et qui filait, distincte et confuse, comme l'eau, l'eau qui passait, là, devant eux.

Comme le fleuve, avait pensé Anna.

On pouvait sauter dedans, dans le flux de cette parole.

Julien y invitait Anna.

Oui, Anna s'était sentie invitée.

C'était comme le plus grand risque, Anna l'avait éprouvé d'un coup. La plus grande chance.

Elle se revoit, elle et Julien, deux figures, assises dehors, au milieu de la nuit dans ce cadre étroit, exacerbé par la lumière trop forte. Julien, penché, s'adressant à elle.

Caractère bondissant, entraînant de sa parole.

Mais à qui parlait-il, se demande maintenant Anna. Elle va se planter devant la glace.

Comment le savoir, que quelqu'un vous parle, s'interroge encore Anna.

Elle essaye de se représenter la scène.

Elle se voit comme elle était, à nouveau bousculée, entraînée, et en même temps, voilà la chose, ancrée et ferme. On le sait, se dit Anna.

Parfois Julien lui prenait le visage dans les mains. Elle sentait son visage pris, tenu, elle sentait la forme, les contours de son propre visage.

Anna écoutait Julien bien ivre elle aussi, et joyeuse. Quelque chose commence, avait pensé Anna, quelque chose commence.

Anna brusquement était traversée par une idée qu'elle n'avait jamais eue, l'idée que les gens font des enfants en hommage, peut-être, comme un don, au commencement.

Anna avait failli poser la question à Julien, s'il avait jamais pensé la même chose.

Elle s'était retenue. A la place elle avait parlé du fleuve.

— Ce fleuve, avait dit Anna. Il est si beau. Il passe,

il roule, il est précis et vigoureux dans son lit, ses tourbillons, et au même moment, il se dissout, il s'évapore, il part en gouttelettes, il passe dans l'air, il se perd, et, Anna avait levé la tête, elle se revoit faire le mouvement circulaire, il devient tout.

Il est comme une histoire, avait dit Anna, une chose dramatique, pleine d'événements, et en même temps, non, il n'est pas dramatique du tout. Il ne fait que se dérouler. Comme une histoire.

Julien avait dit qu'il comprenait.

Après ils avaient joué. Le barman très habile faisait des cocktails fous. Julien appréciait, Anna regardait ce savoir-faire apprécié par Julien et qui la laissait, elle, indifférente. Mais elle était émue par le plaisir de Julien.

Anna se rend compte qu'elle avait à ce moment-là oublié la beauté de Julien. Ou plutôt, pense Anna, à ce moment-là sa beauté s'intégrait, perdait son caractère de plaque.

Maintenant, Anna marche à travers sa maison, regardant par les fenêtres bleues de ses pièces et pensant. Elle tourne et elle s'étire, elle pense. Dans sa tête, Julien, plein sourire. Ce garçon.

Julien va chez Mary l'après-midi suivant. Chico est resté, il ne travaille pas ce dimanche. Nathalie est partie jouer au parc avec une amie et la mère de l'amie, Mary doit la chercher tout à l'heure. Julien a tout de suite dit qu'il l'accompagnerait. Au début, la soirée de la veille plane entre eux. Mary pense à Anna assise dans sa belle robe bleue, Chico pense au baiser de Julien. Mary offre un café, la soirée se dissout peu à peu, s'évapore.

Après-midi calme et chaude.

Fenêtres bleues de Mary, grandes ouvertes. De l'autre

côté de la rue, par une autre fenêtre ouverte, on voit une femme belle et vieille qui se penche. Elle est en train de se peigner. Tous les trois la regardent.

— C'est beau, une vieille femme, dit Chico.

— Je trouve aussi, dit Mary.

La femme les a peut-être entendus. Elle se tourne davantage, elle laisse couler ses cheveux. Magnifiques cheveux, gris et bruns, très longs et fournis.

Julien sourit, il fait un clin d'œil à Chico.

— Tu as déjà aimé une belle vieille, il demande.

— Oui, dit Chico. Il ajoute : Une fois. Beaucoup.

— Moi aussi, dit Julien. Son sourire s'élargit. C'était spécial.

— N'est-ce pas, dit Chico.

Mary se lève, agacée. Elle dit :

— Attention.

Julien regarde Chico.

— Elles font beaucoup de bruit, non ? Elles crient, elles se donnent à fond. J'aime ça .

— Oui, elles sont sauvages, dit Chico. Mais elles sont douces, aussi. Elles n'ont pas peur d'être douces.

— Oh là, dit Mary. Je m'en vais.

Julien ne la regarde pas. Il regarde Chico.

— Je ne me souviens plus de son nom, dit Julien. Elle m'appelait tout le temps Mon petit. Elle avait une peau très sucrée, j'étais parfois à la limite du dégoût. Quand elle me prenait, je sentais son ventre. Elle était féroce, ajoute Julien, il fait une grimace, on voit ses dents. Belle et féroce.

— Elle s'appelait Silvia, dit Chico. Elle était une voisine. Une fois je suis sorti pour prendre le journal sur le palier, j'étais en caleçon. Je l'ai vue me regarder.

Chico s'arrête et réfléchit. Mary s'est mise à faire la vaisselle.

— Elle était très brune, abondante. Et toujours

étonnée. Pas naïve, non. Elle avait des certitudes, elle s'était beaucoup bagarrée dans sa vie, elle aimait ça, la bagarre, Chico rit, accueil du souvenir, il fait des gestes de boxeur. Mais étonnée devant tout. Elle était très gaie.

— Même quand tu l'as quittée, demande Julien.

— Non, dit Chico, il regarde ses pieds. Elle a pleuré. Mais tu vois, il se reprend, elle m'a fait des reproches et des reproches, pendant des jours elle m'a parlé d'elle, de sa vie, et puis d'un coup, elle m'a laissé partir. Comme ça, d'un coup. Je ne l'ai jamais revue.

Chico se tait. Ensuite il dit, les yeux sur Mary :

— Je lui garde une reconnaissance.

Julien a bien écouté. A la fin il a un sourire, on dirait un enfant.

— Tu es formidable, dit Julien à Chico.

Mary se retourne, sincèrement surprise.

— C'est plutôt cette Silvia qui est formidable.

Julien hausse les épaules.

— New York, New York, chantonne Mary en dégringolant l'escalier de l'immeuble. La suite est un murmure, fredonné. New York, New York. Cage de l'escalier, transition. La rampe est en bois riche, on la sent avec la paume, mouvement glissant, facile. Un de ces immeubles au début du siècle, si bien dessinés, et habités autrement. Souvent des matelas par terre, des fenêtres ouvertes, des musiques. Passages. Mary, chantonnant et sautant les marches deux par deux, pense qu'elle aime bien ce passé détourné, cette utilisation renouvelée des restes.

Elle connaît des locataires. Échanges, gardes d'enfants.

Ils sortent.

Mary habite le côté ouest de la ville, ils ont décidé de faire un tour avant d'aller chercher Nathalie dans le parc.

La ville, ses espaces. Rythmes et trouvailles, bifurcations. Développement continu, croisé, de rues petites avec des maisons en pain d'épice, bordées d'arbres, et de grandes avenues neutres où peut circuler un ciel.

Grands magasins, blocs d'air conditionné. Dans les vitrines, les mannequins sophistiqués, avec des perruques, et derrière les comptoirs, les vendeuses, leur familiarité conquérante. Darling, comme elles disent toujours. Chéri.

Un chantier, construction et trou. Palissade, du plastique qui pend. Une grue jaune, un casque suspendu se balance. Boules de poussière, rayons de bruit.

Un homme sandwich marche à pas serrés entre deux images de bière, deux lourds placards.

Bien sûr cette ville est brutale. Mary le pense, surtout quand elle est seule, sans Nathalie. Brutale, confuse. C'est un fait.

Ils passent un magasin de fripes, de vieux objets. Des lampes, des colliers. Ils s'arrêtent. Mary ne collectionne pas, mais elle comprend ceux qui trouvent dans les vieux objets abandonnés leurs filiations et leurs repères, leur histoire.

Plus loin, une galerie. En vitrine, une tête sérieuse, sculptée, un bronze, et un tableau, Julien est saisi. Des couleurs pastel, quelques lignes tracées, c'est une figure qui se tient en équilibre entre une forme parfaite et un gribouillage d'enfant. Elle se tient en équilibre, elle ouvre une porte. On peut voir des cheveux hirsutes, en points d'interrogation, et un sourire large.

Ils regardent tous, fascinés.

Beaucoup de magasins de vêtements, des boutiques. Styles très divers. Chico demande à Mary depuis combien de temps elle s'intéresse aux vêtements, et Mary répond avec un grand geste de la main, Depuis toujours.

Mary. Elle pense à Chico et à elle au lit, ce matin.

Chico se roulait sur elle, la bousculant un peu et lui parlant dans sa langue et Mary se plaisait à entendre ces sonorités inconnues, qui creusaient une distance, qui laissaient une place pour ses images à elle, leur défilé.

Ensuite, la caressant ici et là, il lui avait raconté des histoires de famille étouffantes.

Ils avaient pris le petit déjeuner avec Nathalie. Nathalie avait boudé.

Un magasin de lunettes. Lunettes bleues et rouges, jaunes et vertes. Des rondes, des très effilées, des triangles. Corne et plastique, diamants, paillettes. Abondance.

Ils croisent un homme bien bronzé en short. Il a des jambes longues et une innocence désagréable. Tous les trois le remarquent.

Après un moment Julien dit qu'il en faut comme lui. Les deux autres disent violemment qu'ils ne sont pas d'accord. Julien ne dit rien, ensuite il reconnaît que lui non plus.

Ils longent une série de murs.

Affiches. Certaines sont déchirées. Couleurs crues, morceaux de corps. Sourires peints. Les lignes des briques.

Une dame immobile s'adresse à un des murs. Elle a une poussette remplie de sacs. Sacs poubelles bleus et mous, sacs à main en vieux cuir, grands sacs classiques en papier brun. Elle s'adresse à un coin de briques, elle lui parle. Elle est tellement maigre, avec ses bas de laine et son petit bonnet, flottante dans son cauchemar.

Deux filles jolies, riant, avec des cheveux qui dansent. Chico ne peut pas s'empêcher de dire qu'il adore les femmes quand elles sont, dit-il, vivantes. Mary rigole et dit qu'elle aussi. Julien ne les a pas vues.

Julien. A quoi pense-t-il ? A rien, à Chico. Chico est un peu plus petit que lui et ce fait attendrit Julien. Il se demande si ça lui irait, à lui, une moustache. Après il est révolté.

Mary les regarde, deux hommes marchant au milieu du trottoir, souples et musclés, et différents, Chico tendu, légèrement penché vers l'avant, Julien les mains dans les poches. Julien a une chemise à carreaux bleue et verte très belle, Chico un T-shirt avec un motif imprimé, un lion.

Ils passent devant un magasin orné de lettres hébraïques et Mary pense à une conversation avec Anna. Anna avait parlé de sa grand-mère.

— Quand j'étais petite, mes parents n'habitaient pas ici, avait raconté Anna, et je venais souvent visiter ma grand-mère. Alors pour moi cette ville, et elle, sont liées. Imagine une petite bonne femme, toute petite, mais très forte. Elle n'avait pas d'âge, avec des cheveux qui n'avaient jamais blanchi. Gamine, avec une coiffure à la garçonne, une raie sur le côté. Des robes d'une même coupe, des grosses fleurs, ou alors unies, mais toujours boutonnées devant.

Ces boutons devant avaient ému Mary. Leur côté pratique.

Elle avait voulu qu'Anna en raconte plus.

— C'était un personnage, avait dit Anna. Un petit personnage rigolard et anxieux. Arrivée de loin, dans cette ville qui n'avait rien à voir avec elle, en somme, elle qui avait lu, elle me l'a souvent rappelé, les classiques dans une autre langue. Mais là, plantée là. Au milieu de cette ville rectangulaire, de ses trottoirs carrés. Anna s'était arrêtée, le regard vague.

— Elle savait utiliser la ville, avait continué Anna. Elle savait la rendre, comment dire, facile. Elle m'emmenait au self-service et on discutait toutes les deux pendant des heures et des heures en mettant des pièces et en retirant des casiers un gâteau à la crème, une part de tarte. Oui, ce qu'elle préférait, avait dit Anna, c'était la discussion. Elle me disait, tu veux faire quoi de ta vie, ma fille ? Ah, elle pouvait être fatigante, avait remarqué Anna en levant les yeux au ciel. Tyrannique. Et bien sûr, une autre époque, ses préjugés. Mary avait vu Anna qui souriait. Dis-moi la vérité, elle me demandait d'un coup en me regardant dans les yeux, et je savais tout de suite de quoi elle voulait parler. Je mentais un peu, avait ajouté Anna. C'était forcé.

Anna et Mary avaient ri.

— Mais elle avait aussi un sens du comique, quelque chose de bien féroce. La morale qu'elle tirait, bouche tordue, Anna imitait, de son dentier : il faut se les laver, les dents.

Et si mignonne, avait encore dit Anna avec une certaine complaisance, oui, si mignonne dans ses revanches. Comment elle n'avait jamais peur de demander trois fois de suite sa direction au conducteur d'autobus. Le persécuter un peu.

Là, Mary n'avait pas suivi. Elle avait secoué la tête.

Mais elle la voyait bien cette petite grand-mère venue de l'autre côté de l'océan, allant et venant et discutant au milieu de cette ville quadrillée et inconnue, mais où, après tout, pense maintenant Mary, tout le monde a un accent. Ville de comparaisons perpétuelles, se dit encore Mary, faite de gens étranges les uns pour les autres, repliés, pourtant curieux. Communautés étanches et imbriquées, avec des fêtes, des exclusions. Disposition des bougies, plats rituels. Autres devoirs et autres dieux. Et en même temps, pense Mary, un accueil. Parfois, pense Mary.

Deux hommes d'affaires debout, adossés à un mur, cheveux blancs et nœuds papillon, en train de manger habilement des saucisses chaudes et des frites, leur journal calé sous le bras. Chico et Julien veulent aussi manger.

Ils trouvent une table dehors.

— Il y a des gens qui ne supportent pas la ville, dit Chico devant son assiette de frites. La phrase reste suspendue.

— Pour moi, la ville est normale, dit Julien après un temps de réflexion.

Les trois mangent.

— Dans mon pays, dit Chico, c'est différent. On est dans une ville immense, moderne, télévisions, voitures, communications internationales, il parle comme une publicité, on peut appeler n'importe où dans le monde, et quand on sort, quinze minutes après, là il est sérieux, quinze minutes seulement, le désert, le sable, des baraques sans eau. Les gens qui meurent, dit Chico. Qui mangent des rats. Les enfants fous. Tout le monde fou, dit Chico. Vous ne pouvez pas savoir, dit Chico encore.

Ils restent tous sans rien dire.

Chico continue.

— Chez moi, la ville ne se prolonge pas, elle n'a pas de racines. Elle s'arrête d'un coup. C'est comme une pelure, un décor creux. Dieu soufflerait dessus, dit Chico en haussant les épaules, et elle disparaîtrait.

Les deux autres trouvent l'image bizarre mais ils comprennent. Mary même enfle ses joues et souffle un peu, pour voir.

— Chez moi, les mots, dit encore Chico, les mots tiennent le coup, ça arrive. La parole donnée, d'homme à homme. Mais pas les choses. Les choses n'ont pas de racines, il répète, tout glisse.

— Et toi là-dedans, demande Julien. Il a posé la question sérieusement.

Chico ne dit rien pendant un moment. Après il dit :

— Je ne sais pas. Mon père, ajoute Chico en regardant Mary, on ne voit pas le rapport, mon père a eu dix-sept frères et sœurs.

Julien et Mary se taisent. Ils voient la ville passer, elle devient autre. Elle leur semble, c'est difficile à penser, reposante. Mary a tout d'un coup une image de Chico, un homme de son pays. Elle voit un homme qui ne s'arrêterait jamais. Il devrait tout faire, inventer le scénario, faire la mise en scène, construire le théâtre, peindre le décor, jouer la musique, dire le texte, lever et baisser le rideau et balayer en même temps. Elle l'imagine, elle le voit.

Après elle se dit que c'est exagéré, impossible. L'image reste.

Le parc. Déjà la fin de l'après-midi. Plaisir de la fraîcheur après l'avenue.

Ce moment particulier de la journée, cette hésitation.

Les cris, le brouhaha.

Chico parle football. Julien est distrait.

Ils se dirigent vers le point de rendez-vous.

Un transistor passe, énorme. Deux jeunes garçons noirs portent le transistor, tantôt sur la tête, tantôt en l'air, à bout de bras. Musique très forte et remuante, un reggae. Yes, I know one day I must die. Oui, je sais qu'un jour je dois mourir. Les garçons avancent en dansant.

Ils retrouvent Irène, la mère de la petite Elisa. Elisa et Nathalie sont parties faire un tour de manège, Chico et Julien vont les retrouver. Mary reste avec Irène.

Irène est une voisine de Mary. Mary ne l'aime pas beaucoup, mais elle aime Elisa.

Elles attendent sur un banc.

Une personne d'un certain âge passe devant elles. Elle a un short bicolore et des jambes musclées.

— Regarde-la, dit Irène avec un sourire. Les jambes maigres, les chaussettes. Son sourire se précise, malin. C'est si typique, elle ajoute.

D'emblée, Mary est agacée. Elle ne demande pas typique de quoi.

Irène se met à parler d'un groupe de jeunes qui était là, en train de danser.

— La fille faisait la séductrice. Irène plisse les yeux. La femme forte, la gitane. Tu vois, le jeu des mains, des paupières. Le garçon, c'était le contraire. Il tournait autour d'elle, il était réservé. Elle ajoute triomphalement : il portait un petit foulard, tu vois ? Autour du cou. Un homme faible.

Elle regarde Mary, elle cherche son approbation.

Mary dit, Ah, Ah.

Ensuite, elle se dit qu'elle n'aurait pas dû.

— Irène, se dit Mary. Elle recouvre tout. Quelle femme. Ce qui l'intéresse, c'est toujours, et seulement, ce qu'elle a compris, les choses fines qu'elle, Irène, a pensées. Elle ne donne qu'une chose, continue à penser Mary, elle est vraiment fâchée, c'est sa précieuse intelligence, sa petite finesse. Alors qu'est-ce qu'elle donne, finalement ? Elle se met devant le monde, pense Mary, elle le cache.

Mary en a assez, elle dit qu'elle va retrouver les autres.

Elle se dirige vers la grande allée, de loin elle voit Julien et Chico, Nathalie, et Elisa.

Nathalie est en train de faire des cercles en courant autour de Chico. Elle court, elle court, elle va si vite qu'on peut croire qu'on voit le cercle lui-même, sa trace.

Chico, au milieu du cercle. Il a pris un air impassible. De temps en temps il grince des dents et grogne férocement, le loup.

La petite Elisa est derrière, elle applaudit, Mary aperçoit sa figure ronde et rouge. Julien est sur le côté, il regarde. Il ne sourit pas, mais on ne peut pas dire non plus qu'il ne sourit pas.

Il est mou. Tout mou, pense Mary, étonnée. Julien, remarque Mary, n'a même pas les mains dans les poches. Ses mains pendent, dehors.

Il est là. Mou.

Il a l'air assommé, se dit Mary, inquiète. A la fin Chico sort du cercle et attrape Nathalie, la soulève, la jette en l'air. Il la jette et la jette.

Nathalie rit aux éclats.

Julien regarde et rit aussi.

Au bout d'un moment il demande à Nathalie si elle ne veut pas faire des cercles autour de lui. Elle dit oui, oui, et recommence à courir, autour de Julien cette fois.

Julien, debout, mou et raide. Il continue à rire. Après quelque temps il se souvient, il grogne, il fait le loup.

Mary est très mal à l'aise. Elle regarde Julien, les traits de son visage lui semblent brouillés. Tout tombe.

Mary a l'impression qu'il dort.

Elle le dira plus tard à Chico : J'avais l'impression qu'il dormait.

— Qu'il faisait un mauvais rêve ? demandera Chico.

— Non, dira Mary, qu'il dormait, qu'il était là en train de dormir les yeux ouverts, un somnambule.

Chico lui ne voit rien, il ne s'occupe pas. Il joue avec Elisa, il la poursuit, Elisa piaille et rit.

Après quelques tours Nathalie arrête de courir. Elle vient voir sa mère, elle se colle, elle raconte ce qu'elle et Elisa ont fait.

Julien reste immobile, il regarde droit devant lui.

Après il chuchote, Je rentre, et d'un coup il s'en va.

En rentrant du parc, Julien va chez Anna, tout de suite.

Elle est chez elle.

Il s'assoit sans rien dire.

Après il dit :

— Ça ne va pas.

Un silence, très long. Julien regarde par la fenêtre. Anna fait un café.

— J'ai été voir Mary, dit Julien. Il y avait Chico avec elle. On a parlé, on s'est promenés. C'était très bien. Ensuite on a cherché Nathalie au jardin. Elle était avec sa copine, Elisa. Elles ont voulu qu'on joue avec elles, Chico et moi.

Il s'arrête.

— Je ne sais pas ce qui s'est passé. Je ne pouvais rien faire. J'étais paralysé. Non ce n'est pas ça.

Il se met debout.

— Il fallait faire le loup.

Il s'arrête de nouveau. Il hausse les épaules.

— Le loup.

— Chico faisait ça très bien, continue Julien. Un jeu stupide. Mais sur le moment, dit Julien, il est rêveur maintenant, sa voix se perd, s'enfonce dans des sables, je n'ai pas trouvé ce jeu stupide. D'ailleurs, un jeu, c'est toujours stupide.

Anna le regarde, elle ne comprend pas ce qu'il dit, elle l'entend à peine, il marmonne.

Anna pense, On dirait un petit vieux.

— Mais, Julien parle toujours, tout d'un coup j'étais submergé.

C'était horrible.

J'étais submergé.

J'étais debout, Julien tourne sur lui-même, les bras un peu écartés, et submergé.

Anna est impressionnée. Elle demande :

— Mais par quoi ?

Julien se rassoit d'un coup, brutalement. Il jette un regard à Anna, elle a le temps de voir sa rage, et de se rendre compte qu'elle attendait exactement ça.

Après un moment Julien dit, très calme :

— Par rien.

Après un autre moment il dit :

— Je trouve que Chico en rajoute. Il fait semblant.

— Il fait semblant, répète Anna.

— Oui, il fait semblant, dit Julien. De jouer. De jouer, de faire le loup. De grincer les dents. Julien grince des dents, de grogner, Julien grogne, de courir, Julien tape sur la table.

Il saute sur ses pieds et avant qu'Anna puisse l'arrêter il se précipite tête baissée contre le mur de la cuisine, il se donne un énorme coup.

Il reste étourdi.

Après il dit :

— J'en ai assez, je vais dormir.

Il va dans la chambre et se laisse glisser sur le lit.

Anna le suit, elle s'allonge à côté de lui.

Elle l'embrasse.

Julien est tourné, Anna lui embrasse la nuque, les épaules. Elle lui caresse le dos.

Elle ne fait rien d'autre, elle le caresse lentement.

Julien s'endort. Il dort profondément. Anna s'assoupit, sommeil léger traversé de fils, de zigzags.

Au moment où Anna va sombrer, Julien se réveille. Il se retourne, il prend le visage d'Anna dans ses mains, il la regarde.

Il lui ferme les yeux.

Il commence à la déshabiller. Il défait les boutons de sa blouse.

101

Anna se laisse faire. Elle se sent tout d'un coup très molle.

Julien lui murmure dans l'oreille :

— Tu es toute molle.

Anna éprouve une impression pénible, venue elle ne sait pas d'où.

Après elle n'éprouve plus rien.

Julien déshabille complètement Anna, il la caresse, il se presse contre elle. Il se déshabille en même temps.

Il l'embrasse très fort, il l'étouffe. Il embrasse les yeux, la bouche, un sein, un autre, de plus en plus fort, il mange, il embrasse.

Il grogne un peu.

Il prend les doigts d'Anna et il les mord, l'un après l'autre.

Il pénètre Anna avec un cri.

Il va et il vient, battement du sexe, pilon.

Anna réagit. Elle cherche. Tout d'un coup elle cherche avec férocité.

Elle se ferme, elle cherche.

Julien maintenant aussi ferme les yeux. Tous les deux tendus, avançants, emmêlés.

Trop tendus. Quelque chose de profond, de sans lumière, comme une preuve.

Ils avancent, fanatiques, mauvais.

Loin au fond d'elle-même, à côté du plaisir et la divisant, Anna sent sa propre attention qui l'accable. Oui, elle reste vigilante. Elle est sûre que Julien vit la même chose.

En même temps Julien grogne un peu, grince les dents.

Au moment d'être traversée par l'éclair, Anna ouvre les yeux et voit Julien. Il est impassible.

Après il crie et lui aussi il tombe.

Mary. Elle parle à Chico. Ils sont rentrés avec Nathalie, lentement, ils ont dîné, Nathalie dort et Mary essaie maintenant de parler à Chico.

— C'était comme s'il n'était plus là.

Chico est fatigué. Il a beaucoup joué, beaucoup couru. En fait il ne s'intéresse pas.

— Ce sommeil qui l'a pris, insiste Mary.

Elle regarde Chico. Ça m'arrive, à moi. Parfois à moi aussi ça m'arrive.

— Comment, dit Chico.

— Parfois, dit Mary. Je suis avec Nathalie. Je joue avec elle. Je lui lis une histoire, je fais son dîner, et tout d'un coup je ne suis plus là. Plus du tout. Je ne sais pas où je suis, dit Mary, maintenant elle se sent très angoissée, devant un trou noir, une chose opaque, définitive.

C'est comme si j'étais une pierre, dit Mary. C'est comme si entre moi et Nathalie il n'y avait plus rien.

— Je ne comprends pas, dit Chico. Il fronce les sourcils.

— Moi non plus dit Mary. Elle répète, elle sent bien que Chico n'est pas content, qu'il désapprouve. C'est comme si entre moi et ma fille il n'y avait plus rien.

— Tu es sa mère, dit Chico. Alors.

— Alors, dit Mary. Elle est de plus en plus angoissée, elle descend une spirale rapide, poussée en avant, c'est certain, par Chico.

— Alors tu es sa mère, dit Chico. Il se lève et commence à débarrasser la table.

Mary regarde la table, elle regarde le plafond, elle regarde par terre.

— Et toi, dit Mary à Chico, tu es nul.

L'angoisse continue. Le trou s'élargit.

— J'avais un oncle, dit tout d'un coup Mary, un vieux Monsieur. Il venait souvent nous voir, nous, les enfants de sa sœur. Il était plein de charme, en un sens. Très beau, bien conservé. Il se soignait. Je me souviens encore de son parfum. Il avait des pochettes de toutes les couleurs, et parfumées. Oui, bel homme. Mais tu vois, dit Mary avec force, on détestait qu'il vienne.

— Pourquoi, demande Chico.

Mary fait une grimace. Son visage devient comme une feuille plissée, rabougrie, un chiffon.

Elle se met à pleurer.

Elle pleure des larmes énormes, violentes.

Chico la prend dans ses bras. Mary continue de pleurer. Entre les larmes elle dit :

— Il nous emmenait au zoo, il nous achetait des glaces. Il adorait les glaces. Il connaissait les meilleurs endroits, il connaissait tout, il nous expliquait.

Elle pleure plus fort.

— Il était si pédant. Si affreusement pédant et sentimental.

Elle s'arrête de pleurer. Elle dit :

— Il ne savait pas quoi faire avec nous.

Elle regarde Chico, elle répète :

— Il ne savait absolument pas quoi faire avec nous.

Chico la console, la berce un peu.

Ils boivent un café en silence.

Mary se sent épuisée et fragile. Chico reste dubitatif.

Julien sort le matin de chez Anna de mauvaise humeur. Anna est déjà partie. Julien a bu son café seul et claqué la porte. Le monde lui semble creux, sans intérêt. Tout l'énerve. Il a envie de revoir Chico pour lui rentrer dedans.

Il marche dans la ville, rapidement et sans attention, il avale les blocs, il marche. Il arrive dans un quartier luxueux.

Vitrines en verre et or, décorations compliquées, beaux mannequins. Bijoux, velours.

Installations sanitaires. Robinets travaillés, argent et porcelaine. Éviers à motifs.

Livres d'art.

Continuité entre les vitrines et la rue. Dans la rue aussi les gens glissent, impeccables.

Dans les magasins d'alimentation, les fromages chers, les saucisses. Les bocaux.

D'un coup Julien se sent mieux. L'argent le soulage. Cette réalité.

Il entre dans un magasin de disques et se fait passer plusieurs morceaux. Il écoute trois fois de suite Oh lord won't you buy me a Mercedes Benz — Cher Dieu, je t'en prie, achète-moi une Mercedes Benz.

Il flâne en pensant à une affaire qu'on lui a proposée récemment. Il décide de dire oui.

Il entre dans un magasin de vêtements et regarde les chemises. Il en commande une qu'ils n'ont pas à sa taille et dont il a aimé le dessin, les rayures roses et jaunes, très fines.

Il essaye plusieurs chapeaux. Il hésite longtemps devant un chapeau feutre qui lui va très bien, c'est un fait, un borsalino. La vendeuse, discrète et blonde, se tient derrière lui et le regarde par en dessous. Finalement il fait une pirouette et il enlève le feutre. Il le fait tourner sur un doigt avant de le rendre, il dit :

— Non.

Il explique :

— C'est trop.

— C'est trop, demande la vendeuse en souriant, et en levant un sourcil, un seul.

— Trop facile, dit Julien, souriant à son tour. Mais

j'adore, ajoute Julien avec un réel élan, j'adore les femmes qui savent lever un seul sourcil.

Il continue de marcher et de regarder.

Il entre dans une banque et se renseigne. L'employé, un petit jeune, a un air renfrogné et envieux, et Julien sort ravi.

Il pense qu'il a très faim et il va déjeuner dans un restaurant qu'il connaît et qui est par là, un restaurant très cher et très chic.

Il mange et boit beaucoup, en regardant tout le monde avec insolence, surtout les quelques hommes jeunes accompagnés de femmes splendides.

Quand il descend aux toilettes, la dame préposée lui fait un sourire complice, et il tombe presque, il rate la marche.

Il se redresse en sueur avec l'impression d'avoir tout perdu.

Il remonte et reste assis un moment, hébété. Ensuite il paye en laissant un gros pourboire, et il sort.

Il recommence à marcher.

Il marche avec acharnement, avec concentration. Il traverse la ville.

Maintenant ce qu'il veut de la ville et ce que la ville lui donne : avant même telle chose particulière, vue, une sensation quand il marche.

Marcher comme avaler et prendre, assimiler. La ville en corps à corps.

Julien s'étire, il bouge ses muscles. Il longe un mur où se découpe son ombre et il boxe un peu avec lui-même, il s'envoie un coup de poing.

Il fait quelques pas de course, il s'arrête et descend sur ses talons. Il se relève, élastique. L'énergie, se l'approprier. Elle sourd et suinte des murs, des trottoirs, une puissance mécanique et abstraite, une force.

Julie ne se demande pas d'où elle vient. Il sait qu'il la veut.

Il marche. En marchant, il avale. Matière et couleur, et toujours le ciel, le ciel mouvant, sans cadre, qui roule et déplace, appelle et entraîne. Julien tend les bras.

Il marche, il court un peu, il marche à nouveau. Rues traversées, murs côtoyés, vitrines aperçues. Le noir, le gris. Le jaune.

Autour de lui, des fils, des blocs, des raies de lumière. Le présent, bien brutal.

Les gens. Personne en particulier. Les gens.

Parfois, par des portes entr'ouvertes, des tabourets hauts, plastique ou cuir, un comptoir. Bruits de voix épaisses, intonations repérables. Ce qui vient, en face. Julien connaît et ne refuse pas. Mais ce qu'il cherche, traversant la ville, marchant et respirant, ce ne sont pas ces rencontres précises, ordonnées, ces jeux de miroir, mais quelque chose de diffus et d'éclaté, de précaire peut-être et pourtant d'une autre plénitude.

Julien va vers le fleuve, il va jusqu'au pont, il s'assoit sur un banc au milieu, il ne regarde rien, il est là, entre l'eau et le ciel. Autour de lui, les câbles d'acier et leur construction merveilleuse, un grand trou suspendu où passent les voitures et les camions, l'air salé de l'océan, toute la lumière.

5

Le lit de Mary, très tôt le matin. Mary et Chico dans le lit.

— J'aime tellement le corps des femmes, dit Chico en embrassant le ventre de Mary.

— Ce n'est pas le corps des femmes, dit Mary en bombant et en rentrant le ventre, c'est le mien.

Elle se sent diminuée.

— Et si je n'aimais pas le corps des femmes, dit Chico, logique, content, il s'allonge entre les jambes de Mary, il se fait une place, comment est-ce que je pourrais l'aimer, ton corps ?

Mary sourit, insatisfaite.

Maintenant Mary seule, dans sa boutique. Moment de calme après un grand afflux de clientes. Elle range, elle boit un jus d'orange.

Autour, les robes.

Mary les fabrique, les retouche, les trouve, certaines, les vend.

Mes robes ne sont pas des robes à la mode, des robes,

disons, en avance, se plaît souvent à dire Mary. Ce n'est pas non plus qu'elles soient tranquilles, ces robes, ajoute Mary, parfois elles sont même très bruyantes. Mais elles ne sont pas pressées. Elles trouveront leur cliente.

Mary est parfois fatiguée.

Le chemin qu'il faut faire, elle le voit concrètement, comme une distance concrète, pour fabriquer cette réalité, la même que celle-ci sans doute, mais vivant à une puissance multipliée, pour mettre en place ces silhouettes se mêlant à la ville, la coloriant, la découpant autrement.

Après les robes font leur chemin, toutes seules. Parfois des déceptions.

Mary se souvient toujours d'une cliente qui avait adoré une robe faite par Mary et que Mary avait retrouvée après, portant la robe, avec un chapeau que Mary, elle, trouvait aberrant. Elle n'avait pas compris, la cliente non plus.

Mary a mis une chaise dehors, sur le trottoir, et elle est là, dans la ville, son va-et-vient.

Une jeune femme entre avec un bébé minuscule, on ne voit que les yeux dévorateurs et les cheveux hirsutes. Le bébé est très bien habillé. La mère a envie d'une jupe, elle cherche. Mary demande tout de suite si elle peut prendre le bébé, et pendant que la mère passe une grande jupe à fleurs, très colorée, elle le tient et le renifle.

Petit bébé en paquet, sans aucun pouvoir et si actif. La respiration, le regard. Il engouffre.

Au bout d'un moment la sensation est trop forte. Mary se sent aspirée, elle gémit. Elle est obligée de parler au bébé, de mettre la distance des mots. Vieux bébé, lui dit Mary. Vieille chose.

Quand la femme sort avec la jupe et le bébé, Mary voit arriver Julien les mains dans les poches. Mary est ravie, Julien n'est jamais venu à la boutique, elle est curieuse de connaître ses impressions.

Julien regarde.

Il est très intéressé.

Il est venu chercher, dit-il, une robe pour Anna, pour lui offrir. Mary bien sûr a tout de suite une idée, Julien, lui, voyait autre chose.

Ils n'ont pas le temps de discuter beaucoup parce qu'entre une jeune femme noire, avec les cheveux lissés et courts et une petite cicatrice sur la pommette. Elle est très jeune, d'une jeunesse inattendue, en conflit avec ses lèvres dessinées et fortes, son menton volontaire.

Mary et Julien saisis.

Quand elle se déplace, c'est comme une ondulation de l'air. Elle a un grand foulard rouge, vaporeux, qui flotte autour d'elle, une robe fourreau fendue et des sandales plates. A cause de la chaussure ouverte et plate, on peut voir les ongles nacrés et le mouvement si beau de la plante du pied qui se pose et se déroule.

Fierté de cette femme. Elle porte son corps comme une parure, un superflu.

Elle doit chanter dans un cabaret, se dit Mary.

Elle imagine tout de suite la femme sortant le soir, tendue et parfumée, laissant une enfant dans le lit bien bordé après l'histoire, et une mère, sans doute, une autre femme, encore belle, maquillée et poudrée, gardant la maison dans des chaussons à plumes.

La femme regarde des robes sans parler. Après elle demande si elle peut en essayer une. Mary dit Bien sûr.

Julien n'a pas bougé. Il dit :

— Ça ne vous dérange pas si je vous regarde essayer.

— Pas du tout, dit la femme sans lever les yeux.

La femme met la robe derrière un paravent, et ressort, se tourne devant la glace.

On ne voit qu'elle. La robe est là comme un simple contour, un trait qui souligne.

La femme se regarde, elle avance, recule.

Après un moment Julien se lève et met le doigt, geste léger, il la touche à peine, il l'effleure, sur la hanche de la femme. Il dit :

— J'aimerais vivre là. Être un pou et vivre là.

Mary est étonnée. Elle trouve que ce n'est pas le genre de Julien de dire une chose pareille.

La femme, elle, ne manifeste aucune surprise. Elle se tourne très lentement vers Julien et elle dit Ah oui ? les yeux à demi fermés.

Ensuite elle se rhabille. Elle prend la robe.

En partant, elle fait un grand sourire à Mary, c'est comme si la représentation était terminée, le rideau tombé, et elle dit Au revoir, à Julien. Elle hésite un peu, ensuite elle ajoute doucement :

— Le pou.

Julien s'incline sans rien dire.

L'autre vendeuse arrive. Mary a fini sa journée, elle va chercher Nathalie. Julien a pris une robe pour Anna, un peu trop vite, et a dit qu'il accompagnait Mary à l'école.

A la sortie de l'école Nathalie se détache de ses amis et court se jeter dans les bras de sa mère. Julien en retrait observe. Ils rentrent tous les trois. En chemin Nathalie bavarde, Mary écoute et s'amuse.

Julien suit.

Quand ils arrivent, Mary prépare le goûter. Nathalie, vorace. Julien aussi. Ils dévorent.

Nathalie montre ce qu'elle a appris dans la journée, récite une poésie et se prépare à faire la classe à ses poupées. Elle installe un petit banc, les habille, se dépense beaucoup.

Julien est assis, il regarde par la fenêtre.

Il a demandé un café à Mary.

Il répond par oui et par non.

Il a allongé les jambes, désarticulé, lourd.

Mary essaye de faire un peu la conversation. Elle trouve Julien pénible.

Au bout d'un moment Julien se tourne vers Nathalie et lui dit d'une voix calme, et féroce, retenue :

— Arrête donc de bouger, de sauter, tu m'énerves. Tu ne peux pas t'arrêter cinq minutes, à la fin, rester tranquille ?

Avant que Mary puisse dire quoi que ce soit, il se redresse, s'assied droit et attire Nathalie par la robe. Il la prend sur ses genoux et met une main autour de son visage. De l'autre il lui lisse les cheveux lentement, avec précaution. Il a l'air crispé, rétracté derrière sa peau comme pour se protéger.

Il détaille Nathalie, tous les traits.

Il énumère, le nez, il dit Ce nez, les yeux, il dit Ces yeux, la bouche, il dit Ta bouche.

Après il demande :

— Pourquoi tu es si jolie.

Nathalie est restée sans bouger sur ses genoux, sérieuse et attentive. Elle trouve tout de suite la répartie, elle saute par terre et dit :

— Pourquoi tu es si beau.

Elle ramasse sa poupée et recommence à jouer.

Julien ne dit plus rien. Il regarde Nathalie jouer, il la suit des yeux. Mary reste là. Active, elle s'affaire.

Julien s'est mis à fumer, silencieux, pesant. Nathalie joue.

Julien dit tout d'un coup :

— Ce qui est extraordinaire...

Il s'arrête, stupéfait.

Il donne l'impression de chercher vraiment, sans trouver.

Nathalie est partie dans sa chambre, Mary s'est

occupée d'elle, elle l'a aidée à se débarbouiller et à se changer.

Julien a dit qu'il s'en allait, ensuite, il est resté.

Quand Mary revient dans la cuisine, Julien l'attaque. Marchant de long en large devant la fenêtre il demande à Mary avec méchanceté si ce n'est pas très dur, d'élever un enfant. Quel temps tu as pour toi, si peu, dit Julien. Presque rien. C'est épuisant, dit Julien. Comment y arrives-tu ?

Mary est très affectée. Surtout, bien sûr, par la méchanceté de Julien.

Julien parle beaucoup. Il se met à raconter une histoire, il s'agit, dit-il, de connaissances à lui, un couple qui voulait élever leur enfant d'une façon différente.

— Ils avaient beaucoup réfléchi, dit Julien, longtemps avant la naissance. Quand l'enfant est arrivé, c'était un petit garçon, ils ont décidé qu'ils allaient lui apprendre à se débrouiller, à être fort. Et comme ça eux aussi auraient du temps, ils ne seraient pas les esclaves de l'enfant. Alors ils le laissaient seul, tout petit déjà. Ils avaient aménagé une grande pièce, repeinte en vert clair, je me souviens, ils avaient mis une moquette bien épaisse, et retiré tout ce qui aurait pu faire du mal à l'enfant. Après ils partaient très longtemps, et le laissaient avec de la nourriture et des jouets, seul.

Mary est pétrifiée. Elle demande :

— Et alors ? Comment ça s'est passé pour l'enfant ?

Julien hausse les épaules. Il dit :

— Je ne sais pas, je les ai perdus de vue. Mais j'ai appris il y a quelque temps, il se met à rire, que leur enfant avait eu un accident grave. Pas quand il était seul, il continue à rire, mais en leur présence, devant eux. Finalement, dit Julien, il regarde Mary en souriant, je te raconte une histoire horrible.

Il s'en va, après avoir dit au revoir à Nathalie.

Mary reste seule avec sa fille.

Elle est complètement abattue. Confuse, et abattue.

Elle ne pense plus à la méchanceté de Julien, mais, c'est peut-être à cause de la stupeur qui a saisi Julien et qu'elle a bien perçue, elle pense à Nathalie.

Elle a le sentiment pénible qu'elle ne la connaît pas.

Elle connaît Nathalie, sa fille, avec laquelle elle vit, qu'elle habille et qu'elle nourrit, qu'elle emmène à l'école, et cette Nathalie lui paraît en ce moment plate, sans réalité, comme sans intérêt.

Mais derrière cette image il y a une autre Nathalie, oui, une autre, qu'elle, Mary, ne connaît pas, et qui est, se dit Mary, la vraie.

— Je ne la connais pas, et même, se dit Mary, je me suis refusée à la connaître.

Elle se voit en train d'embrasser sa fille le soir au coucher, penchée au-dessus de son lit avant d'éteindre la lumière. Moment fragile.

— Tu le sens, à ce moment-là, s'invective Mary, tu le sens bien qu'il y a autre chose. Elle est là, allongée et tranquille dans son lit, il n'y a rien, seulement le bruit si petit de son souffle, l'air qui se déplace, léger, et les grands yeux ouverts. Elle est toute calme, sur le dos, elle attend, tu le sens bien, elle attend quelque chose de toi, elle attend très fort, et en même temps, elle te donne, aussi, sans rien dire, elle voudrait te donner. Pas un baiser, non, un baiser c'est trop simple, c'est comme un mot, ou comme un point, un arrêt. C'est plutôt un secret que vous pourriez partager vous deux, vous seules, et toi, tu es trop bête, ou trop distraite, ou trop fatiguée, ou trop pressée, ou trop lâche, Mary s'accuse avec désespoir, pour le deviner. Oui, elle est là, en silence, elle attend, et derrière ses yeux ouverts, derrière sa peau si vivante, derrière le tissu si serré de sa peau, il y a un secret, tu le sais et tu t'en prives. Tu te penches pour l'embrasser, tu respires un petit coup son odeur, tu lui caresses les cheveux, et tu sais qu'il y a autre chose, là, un monde.

Tu ne vis avec elle que la vie banale, la vie de tous les jours, et tu rates l'essentiel, tu rates le secret qui est là, derrière.

Il y a une Nathalie dont tu t'es privée, se répète Mary, c'est insupportable.

Quand Chico arrive, beaucoup plus tard, Nathalie est déjà en train de dormir et Mary est encore prostrée au milieu de ses pensées.

Elle dit à Chico :

— Quand je l'embrasse le soir il y a un instant où je sens que le monde entier s'ouvre, que tout est là, possible, à ma portée. Toute la vie défile. On dit que c'est comme ça quand on se noie, moi, j'ai l'impression de sentir toutes les images de la vie à ce moment-là, elles sont toutes là condensées en une seule. Une seule grande image.

Mary regarde Chico.

— Après, je les déplie, les images. Une par une. C'est la vie de tous les jours. Elles perdent leur force.

C'est comme un secret, dit encore Mary, je le sens derrière ses yeux, derrière sa peau, un secret qu'elle détient, Nathalie, que je devrais deviner.

— Arracher ? demande Chico. Le mot est sorti tout seul. Dès qu'il l'a dit, il a eu honte.

Mary ne l'entend pas. Elle murmure :

— C'est insupportable.

— Je ne comprends pas, dit Chico. Mais je n'aime pas quand tu dis qu'il y a quelque chose derrière les yeux de Nathalie et que tu veux le prendre.

Mary secoue la tête.

— Je n'ai pas dit ça.

— Si, dit Chico. Et derrière sa peau.

Mary hausse les épaules. Elle répète :

— J'ai l'impression de passer à côté de l'essentiel.

Chico la regarde en silence.

Après un moment il se verse un verre de vin et dit :

— Une fois ma mère m'a demandé de lui raconter un secret.

— Je ne parle pas de ça, dit Mary.

— J'étais amoureux, continue Chico sans faire attention, et ma mère s'en doutait. Je lui avais souvent raconté mes histoires, mais là, tout d'un coup, c'était différent. Je la vois encore devant moi, je me souviens très bien. Déjà vieille et ridée, très maigre. Il lui manque une dent, devant, et ce visage édenté m'émouvait d'une façon terrible.

C'était comme subir un malheur, mais tellement doux. Tellement doux, dit Chico en écartant les bras. Sa bouche tremble un peu, ses yeux sont agrandis, humides. Il a quelque chose, cette idée traverse Mary, malgré sa moustache il a quelque chose d'une femme.

— Je me sentais sans force, dit Chico. Elle m'a regardé dans les yeux, oui, elle tenait mon regard dans le sien, et elle m'a dit, raconte-moi. Elle voulait, elle voulait. Et moi, je voyais son sourire troué, son visage maigre, les os de son crâne. Je me sentais disparaître. J'ai failli m'évanouir.

Chico s'interrompt.

— Ça ne m'est jamais arrivé, ni avant, ni après.

C'est sûr, il continue, il est devenu très rouge, qu'à ce moment-là j'ai senti qu'elle voulait me posséder.

Il regarde par la fenêtre et il ajoute :

— Ma mère n'a rien dans sa vie. Elle a seulement nous, les enfants. En un sens, je la comprends.

119

— Tu comprends quoi ? dit Mary. En fait elle est de nouveau distraite, fermée sur elle-même.

— Qu'elle veuille nous garder, dit Chico.

Il se rend compte que Mary n'écoute pas, il dit :

— Dans la vie d'une femme comme ma mère il n'y a rien. Nada. Il se met à répéter dans sa langue, Nada, nada, nada. Il continue doucement :

Ici vous avez d'autres possibilités, ce n'est pas pareil. Vous n'êtes pas obligées, Chico se met subitement à crier, de dévorer vos enfants.

Il sort en claquant la porte.

Il marche longtemps, à grandes enjambées, il essaye de se calmer. La ville lui fait du bien, les lumières, tout ce qui roule et tourne.

Il arrive dans une rue étroite, du centre, avec des bars où il ne va jamais. Bâches rayées, quelques tapis rouges sur le trottoir. Blason et or.

Il entre dans un bar, il s'assoit à une table et demande un whisky, puis un deuxième. Après il se sent mieux. Il prend plaisir au passage du temps.

Deux hommes poussent la porte, un grand brun et un petit rouquin, ils ont des lunettes en miroir, des gants en cuir et des imperméables boutonnés jusqu'au menton.

Ils regardent attentivement le bar et la salle, ensuite ils entrent.

Visages fermés, mouvements raides, un air emprunté. Le plus petit a un nez retroussé et des joues rondes, mais le plus grand aussi a quelque chose d'enfantin, d'inquiétant.

Ils s'assoient au comptoir. Le plus petit s'adresse au barman. Le barman essuie des verres sans les regarder. Chico écoute.

— On cherche Jerry.

— Il n'est pas là.

— Il n'est pas là, répète le rouquin. Oui, mais on le cherche.

— Cherchez ailleurs, dit le barman. Il ne les regarde pas.

— Il dit de chercher ailleurs, répète le rouquin sans quitter le barman des yeux.

On l'attend, dit le rouquin.

— Il ne viendra pas, dit le barman.

— Il dit qu'il ne viendra pas, dit le rouquin. Si tu es tellement au courant, il parle très doucement, dis-nous où on peut le trouver.

— Moi je sais rien, dit le barman.

— Maintenant il dit qu'il ne sait rien, dit le rouquin d'une voix égale.

— Alors tais-toi, dit le rouquin.

Il sort une pièce de sa poche, la met dans une machine à cacahouettes et fait tomber les cacahouettes dans sa main. Il les mange lentement une par une.

Le plus grand enlève ses gants. Il prend un cure-dents dans une poche intérieure de son imperméable et commence à se nettoyer les ongles.

Chico met un billet sur la table et sort. Une fois dans la rue il se met à rire.

6

Anna assise, l'après-midi. Elle est sortie de l'école où elle travaille, elle est assise à une terrasse de café, elle boit une bière.

Elle est seule, joyeuse.

C'est un café qu'Anna connaît bien et qu'elle affectionne. On voit, pense Anna, juste assez de ciel et juste assez de rue, et les gens qui passent là, devant ce café, sont toujours spécialement intéressants.

Comme souvent après son travail, quand elle a, pense-t-elle, bien travaillé avec les enfants, Anna se sent remontée comme une toupie, le monde lui semble plein et rebondi comme une balle. Tout tombe juste. Il n'y a pas de reste.

Coïncidence parfaite des lignes et des couleurs, des images et des mots, des détails. Folie, bien sûr. Inquiétant à la longue. Par expérience Anna sait que tout de suite après elle peut tomber dans un trou. Mais, pense Anna, tant pis.

Elle aime être seule, dans ces moments-là, dans cette complétude féroce, naviguant au-dessus de tout.

Les gens entrent et sortent de son champ de vision, et

Anna, buvant sa bière, regarde passer la rue et le ciel, leur mouvement libre.

Un enfant avec des oreilles très grosses, les lobes. Un chien le tire.

Une femme dans un grand manteau, dont tout laisse à croire qu'elle est enceinte. Anna le remarque, l'expression « dont tout laisse à croire » est intégrée directement au ventre, pointu, de la femme.

Un vieil homme maigre, la bouche rentrée. Il porte un blue-jean et les cheveux courts devant, longs derrière, coupe rock.

Une petite fille avec un œil au beurre noir et des bras ridicules. La mère, à côté, tient un nourrisson.

Une dame avec des cheveux gris au milieu d'un groupe neutre, collègues de bureau. Elle a un tricot en laine beige. Le mot « sympathique ». Le renoncement.

Une dame avec les cheveux blancs en queue de cheval, un petit nez et une grande croix. Grosse poitrine, les mains sur les hanches.

Une femme alcoolique avec une frange et des lunettes, tenant un pain. Évidence de la frange.

Un groupe d'hommes parlant espagnol, discutant, intenses. Ils ont tous des chapeaux. En fait, l'un d'eux n'en a pas, mais, constate Anna, c'est pareil.

Un homme avec des cheveux poivre et sel bien peignés, la raie sur le côté, un blouson de cuir et un caniche. Le caniche est tonsuré.

Deux femmes religieuses mystérieuses.

Un moment d'affection entre deux hommes à moustache. Ils se serrent la main, chacun garde après le sourire sur sa figure.

Anna reste là, assise, un long moment.

Julien. Le lendemain du jour où il a été chez Mary. Il se promène dans le parc.

Il a décidé qu'il devait y aller. Il n'a pas vraiment envie, mais il s'oblige.

C'est comme entrer dans une musique qu'il ne désire pas.

Une journée un peu fraîche, humide. Les enfants ont des pull-overs, des gilets boutonnés.

Le parc s'étend comme un grand lac naturel, touffu et vert. Au loin les immeubles le bordent, transparents et métalliques. La civilisation.

Une rumeur, dans le parc. Bourdonnement, épaisseur. Pas de bruits précis, un fond.

Julien pense à Mary. Quelque chose dans l'existence de Mary le fait penser à ce bourdonnement, à cette rumeur épaisse.

A ce fond.

Une chose assez dégoûtante et, vaguement, une menace.

Julien est mal à l'aise.

Il se promène, il regarde.

Il s'assoit sur un banc, à côté d'un petit coin plein de chardons, d'herbes piquantes, d'orties. Il les regarde sans comprendre.

Ce petit carré piquant. Buissons hérissés, fouillis plein d'eau. Ailleurs, l'herbe douce et souple.

Julien est envahi par une pensée, ce n'est pas un souvenir, plutôt un moment enkysté, dont il ne sait pas quoi faire. Enfant il était à la campagne, en visite chez une amie de sa mère qu'il aimait beaucoup. Il avait, dans le jardin, découvert l'existence des orties et de leur trace sur la peau, ces petits boutons blancs, si douloureux. L'amie de sa mère s'était moquée de lui et lui avait seulement dit leur nom, Orties.

Elle avait ajouté après, Maintenant tu sauras.

Julien était resté désemparé.

Plus tard, bien sûr, il avait mis des bottes et était retourné écraser les orties, toutes celles qu'il avait trouvées.

Maintenant Julien se relève et recommence à se promener.

Autour de lui, l'herbe qui ondule et les grands arbres, un par un, les troncs dressés. Au sommet leurs branches confuses.

Entre les arbres courent les enfants.

Julien les regarde. Il voit distinctement les enfants courir entre les arbres.

C'est un décor. Les enfants en font partie.

Tout d'un coup Julien a l'impression que les enfants courent en silence.

Bien sûr ils crient. Mais Julien a une impression de silence, de grands blocs de silence, de larges vitres silencieuses derrière lesquelles lui Julien serait placé.

De l'autre côté des enfants et des arbres, partout.

Les enfants pullulent, les arbres aussi.

Une prolifération, un grouillement.

Les enfants courent et sautent, rapides et excités. Jeux de ballon, cache-cache.

De place en place les arbres très verts qui se dressent et ouvrent leur regard fixe, inquiétant.

D'autant plus inquiétant, peut-être, que ces arbres sont de la même nature, Julien en a la certitude étrange, que les enfants.

Entre les arbres et les enfants, le vide. Un vide agissant, comme une présence blanche et rosée, qui est là, en arrière-plan, entre les choses, et qui les délie et les écarte, les sépare.

Éparpillement et vide.

Julien essaie de se raccrocher.

Il essaie de fixer son attention sur un enfant. Pas un groupe, un enfant seul, isolé.

Un être, en somme, complet, plus petit. Il voit une petite fille, elle a des nattes enrubannées et des bretelles. On pourrait l'attraper, la soulever par les bretelles.

Julien la regarde.

Rien à voir, se dit Julien, la beauté d'un enfant n'a rien à voir avec la beauté d'un adulte.

Quelque chose échappe.

Quoi, se demande Julien.

Un enfant ne rappelle rien, se dit Julien.

Avec un enfant on ne peut pas jouer aux correspondances, aux analogies.

C'est une beauté qui ne cache rien, qui ne suggère rien non plus.

Qui ne provoque aucune pensée.

Julien se sent engourdi.

Il regarde encore la petite fille avec les nattes.

De nouveau il se sent traversé par l'envie, maintenant précise, énorme, de la prendre par les bretelles, de la soulever, de la balancer.

La petite fille joue avec un garçon, ils se lancent un ballon. Gros ballon bleu, avec des étoiles imprimées.

Arbres et étoiles. Constructions compliquées, cordes et échelles, qui pendent et remuent, qui flottent et naviguent au milieu de la forêt.

Une histoire merveilleuse, magique et perdue.

Souvenir d'une bande dessinée éphémère, parue en feuilleton, que Julien attendait chaque semaine, pleine de fées et de petits démons en costumes à paillettes et en chapeaux pointus, inadaptés.

Le héros, funambule, dansait entre les arbres.

Julien a souvent cherché à retrouver cette bande dessinée, il n'a jamais réussi.

Maintenant il se voit, sautant et jouant comme il faisait, instant d'éternité, au sein même des images, parmi les arbres dessinés, sous ce ciel piqué d'étoiles et pourtant si bleu.

Combats et amours, blasons, oriflammes. Des dragons, aussi, des animaux volants.

Dangers et morts. Oui, toutes les morts possibles passaient en courant entre les feuilles découpées et les arbres tordus, elles couraient et passaient rapides et sans prétention, comme des fils précieux manipulés par des aiguilles invisibles.

Un brouillard recouvrait légèrement les images, un brouillard coloré, magnifique, dissimulant et révélant les personnages et les arbres, les gestes et les paroles inscrites dans les bulles, tout le décor.

Julien est pris d'une angoisse effrayante. L'angoisse qui était là depuis le début, depuis son entrée dans le parc, arrive à lui, il la perçoit.

Il tourne le dos aux arbres et aux enfants, il rentre chez lui très vite, il s'enferme.

Julien, seul.

Il veut dormir, il n'arrive pas.

Allongé sur le lit, il se tourne dans tous les sens.

Sur le ventre, sur le dos.

Ensuite, immobile. Il ferme les yeux.

Il reste parfaitement immobile. Il se force.

Au bout d'un moment il sent des picotements. Il continue de fermer les yeux.

Derrière les paupières, des images flottent. Des bras et des épaules. Des jambes. Un cou. Julien se lève d'un bond, il se déshabille entièrement, il se met nu dans le lit, il cherche le drap, il s'enveloppe.

Il respire profondément.

Il reste tranquille.

L'odeur revient d'abord, et la chaleur.

Ensuite le poids des membres. Avec le poids, la forme. La peau, enfin, est là, perçue de l'intérieur, et quand Julien la perçoit, c'est presque un sentiment, une émotion. Oui, un attendrissement devant cette chose fragile, déchirable, et qui le contient.

Julien reste longtemps allongé, éprouvant le profond plaisir d'être là, immobile et chaud, limité.

Il s'endort.

Quand il se réveille, il se lève de nouveau. Il va se regarder dans la glace, une grande glace longue qu'il a au bout du lit.

Dans la glace, deux formes dressées, superposées.

Un homme, Julien, un pénis.

Julien ne fait rien, il regarde.

Plus tard il s'habille, il sort.

Dans la rue il se met à courir. Une hâte, une urgence. Pressé.

Il est obsédé par une chanson. In the beginning, Man gave names to all the animals. Au commencement, l'homme donna des noms à tous les animaux. Un nom manque, il n'arrive pas à trouver lequel.

Le ciel roule métallique, brillant et bleu. Lumière forte sur les tours ciselées, les immeubles rectangulaires. Éclats massifs, fins rayons. Julien marche dans l'air large, exubérant, dans la grande lumière.

Il marche, il bouscule.

— Dis donc...

Julien n'entend pas.

Il arrive rapidement dans le quartier luxueux où il s'est

131

promené l'autre jour, devant le magasin où il a commandé une chemise. Il entre.

Il va directement au rayon des chapeaux.

La vendeuse blonde, celle qui sait lever un seul sourcil, est là. Julien essaye plusieurs chapeaux feutres. Il choisit un borsalino bleu.

La vendeuse blonde lui sourit.

Est-ce que Julien se pose un seul instant la question de savoir s'il peut retourner chez Mary, si cela ne lui est pas au moins difficile de retourner chez elle, après la dernière fois ? Non, pas un seul instant. Il y retourne, vraiment très beau, le feutre bleu légèrement penché en avant.

Il apporte une plante pour Mary et un disque pour Nathalie.

Anna est là, discutant avec Mary. Elle est en train de raconter ce qu'elle a vu au café la veille en sortant de l'école.

Elle le regarde, étonnée. Après, elle lui dit en riant :

— Maintenant je sais ce qu'on appelle une beauté insolente.

Nathalie veut tout de suite mettre le chapeau. Julien lui passe.

Bien sûr, elle est adorable.

Voyant arriver Julien, Mary s'est dit qu'elle savait qu'il reviendrait. Après, elle ne s'est plus intéressée.

Depuis la dernière visite de Julien, Mary flotte.

Elle flotte dans une histoire passée, qui revient.

Elle est dans un paysage de rivières douces, étales et lourdes, et sans conséquences. Ciel d'ardoise, lumière qui filtre. L'air et la terre humides, gonflés de buées, de vapeurs, et il poussait des grandes herbes, hirsutes et souples, difficiles à casser. On s'enfonçait dedans, on se perdait.

Campagnes perpétuelles, pleines d'animaux muets, de granges précaires. Parfois, le long d'une berge, une construction en tôle, incompréhensible, des tubes de couleur, des cheminées.

Mary le sentait, ce paysage d'eau et de lumière, large et sans contour, était magnifique et triste comme l'est une chose qui n'a pas su exister par elle-même, accomplir seule sa destinée et qui serait pour toujours dépendante, une préhistoire, un moment inabouti et qui se répète, souterrain.

Des routes calmes avec des rangées d'arbres. Mary est maintenant encore hantée par le souvenir d'un croisement précis à la sortie d'un village. Les troncs massifs des arbres, le petit village mort, les directions ouvertes. Elle se revoit avec son ami faisant de l'auto-stop, attendant assise sur leur baluchon.

Elle avait une passion pour les camions énormes. Leur certitude.

Elle, encore adolescente. C'était son premier homme, son premier voyage. Une image reste, forte comme une empreinte, un élan du corps : elle courait vers lui qui ouvrait les bras et la soulevait, la soulevait, tournant et riant.

Mais après, une rancune. Malgré elle, tourmentée par une rancune. Prise par une exigence qui n'était pas calmée par l'amour, et c'était comme si l'amour n'avait pas rempli son rôle, le rôle qu'elle lui assignait.

Un arrachement.

Oui, elle se l'était dit plus tard, elle aurait voulu être arrachée par l'amour, sans pouvoir dire à quoi.

C'était sans doute à cause de la rancune qu'elle avait quitté cet homme, qu'elle aimait pourtant, qu'elle avait suivi. Maintenant bien sûr la rancune est dissipée depuis longtemps. Ce qui revient, c'est le paysage, la tristesse ancienne et paralysante de ce paysage, d'eau et de lumière et de routes croisées.

Mary a eu une seule pensée, une pensée vide, qu'elle ressasse. Ce paysage, pense Mary, est en moi comme moi j'étais dans ce paysage. A côté de cette pensée un souvenir isolé est venu assez brièvement, un jeu de poupées russes qu'on lui avait offert elle ne sait plus quand, chaque poupée habitant l'autre, en elle avant elle, mère et fille à la fois. Elle a immédiatement oublié les poupées.

Mary se débat et flotte.

Il fait très beau. Julien propose d'emmener Nathalie manger des frites. Nathalie veut. Mary d'abord ne dit rien, après elle dit oui, mais le soir quand Julien a ramené Nathalie et que lui et Anna sont repartis, Mary n'arrive pas à écouter Nathalie lui raconter sa journée, elle n'arrive pas du tout, et cela la rend encore plus triste.

Cet état de Mary dure, plusieurs jours, et pendant plusieurs jours, toute la semaine, Julien vient régulièrement en visite, le feutre bleu penché en avant et maintenant une fleur à la boutonnière. Il apporte une bricole pour Nathalie, après il sort faire un tour avec elle, il lui achète un gâteau ou une glace, il la ramène.

Quand Chico vient le soir, Julien est déjà parti. Chico juge Mary fatiguée. Mary se met au lit, et se tourne contre le mur.

Julien voit Anna le soir. Ils parlent peu et font beaucoup l'amour. Anna aime Julien.

Arrive le samedi. Tout le monde se retrouve chez Mary.

Anna et Julien viennent ensemble. Chico est dans la cuisine, il prépare de la pâte à crêpes.

Julien salue Mary et Chico et va jouer avec Nathalie. Il est en chemise, sans veste, avec une cravate fine et son chapeau feutre.

Anna reste dans la cuisine avec Mary et Chico.

Par les fenêtres bleues de la cuisine passent la ville, le plaisir du samedi, sa souplesse, et sa pointe d'inquiétude, sa question.

— Julien et moi avons vu une jolie scène, en venant, raconte Anna, elle s'adresse surtout à Mary. Chico tourne la pâte.

C'était en bas de chez moi, il y avait beaucoup de bruit, des klaxons, la rue était très sale, du papier et des emballages partout. On se sentait agressé, coincé dans un couloir. Un homme noir, un employé municipal était en train de nettoyer la rue, il avait une combinaison rouge, l'uniforme, et un bâton fourchu pour ramasser. Il ressemblait à un diable, Julien l'a remarqué, à cause du bâton et du rouge, et il déployait une activité extraordinaire, exagérée, il fourrait dans un sac, il piquait, il jetait, il se bagarrait. Il menait une guerre privée. Et voilà qu'en face de lui arrivent une femme et une petite fille, une mignonne, elle avait un ruban attaché sur la tête, j'ai pensé, Anna regarde Mary, à toi et à Nathalie. D'un coup le type s'arrête, il s'arrête vraiment, et il se penche vers la petite fille, en appuyant sa grosse tête noire sur son bâton. Et il dit, c'était ironique, et en même temps, très doux : Eh bien, bonjour, mon petit ange blanc, et comment vas-tu. La petite fille s'est arrêtée net, elle aussi, elle a d'abord regardé sa mère, et après elle a fait une petite révérence et elle a dit, Bonjour.

Anna s'interrompt. Ensuite elle dit :

— C'était comme si la violence de la rue, tous ses hurlements, s'étaient écartés d'un seul coup, avaient fait place à une plage, à un calme.

Mary hoche la tête. Chico a posé sa cuillère. Il rêve un peu. Après il met la pâte à reposer dans le frigidaire. Il dit :

— En fait, la violence reste, mais parfois elle se transforme, elle devient autre chose.

Ils discutent.

Les fenêtres sont ouvertes, le ciel entre dans la cuisine jaune et bleue, et la cuisine est comme soulevée, légère, en mouvement.

Une joie, oui, une présence joyeuse de la ville.

De temps en temps un cri d'enfant, un coup de frein.

Le ciel se déploie, s'immobilise.

Tout d'un coup Mary se met à parler. Chico se sent soulagé, Mary l'inquiétait, trop silencieuse ces derniers jours.

— Oui, dit Mary, cette ville. Quand on la voit, toute droite, sortir de l'eau, on pense, c'est anormal, c'est une chose anormale. On a une sensation indéfinissable, un mélange. D'abord une impression de précarité. Et en même temps, cette masse. On éprouve la masse de la ville, la pierre, le ciment, les couleurs aussi sont des masses. Et on se dit qu'il faut une force incroyable pour les tenir ensemble, ces masses précaires. Pour moi la ville c'est ça, cette énergie insensée, cette force.

Mary se tait. Maintenant elle a de nouveau l'air triste. Elle reprend :

— Et elle vous renvoie à vous-même. C'est terrible comment cette ville vous renvoie à vous-même.

— Pourquoi, demande Chico.

— Parce qu'elle existe si fort, peut-être.

136

Anna regarde Mary. Chico secoue la tête.

— Ce que je sens, moi, c'est qu'ici on est forcé d'inventer, on ne peut pas faire autrement. En ce sens c'est comme chez moi.

— Oui, dit Anna. Elle ajoute : Et ça peut donner n'importe quoi.

— C'est vrai, dit Chico. Il n'y a pas de garanties.

Julien arrive en tenant Nathalie par la main. Il demande :

— De quoi vous parlez ?

Beauté de Nathalie, beauté de Julien. Une irruption, un éclat qui s'impose. Et le contraste, fascinant : la beauté simple de Nathalie, la beauté compliquée, ou maîtrisée peut-être de Julien.

— On parlait du n'importe quoi, tu connais bien, non ? Anna rit et se trouve déplaisante.

Elle se reprend.

— On parlait de New York.

Nathalie lâche la main de Julien et tape par terre avec les pointes et les talons de ses chaussures, elle fait des claquettes. Elle chantonne, New York, New York, comme sa mère.

Chico rigole, il est ému. Il attrape Nathalie et l'embrasse, il la prend sur ses genoux.

Julien regarde Chico.

— New York, New York, dit Chico en continuant d'embrasser Nathalie, il la bouscule, il la chatouille en même temps, il la secoue un peu, tu m'agaces avec ton New York. Est-ce que tu viendras avec moi dans mon pays ? Tu verras comme c'est beau.

Nathalie rit beaucoup, elle essaye de se dégager. Elle dit :

— Pas du tout. Je ne viendrai pas du tout. Dans ton pays il n'y a que des bananes.

— Comment ça, des bananes ? demande Chico. Il est surpris.

— Oui, des bananes. La maîtresse nous l'a dit. Il n'y a que des bananes. Tu sais bien, dit Nathalie, elle est un peu fâchée.

Chico a le fou rire, Anna et Mary sont prises aussi. Julien ne rit pas.

— Bon, dit Chico. Il dit à Nathalie, Banane toi-même, et il la pose par terre.

On sonne. Irène est là, avec Élisa. Élisa était invitée. Elles s'installent.

Crêpes.

Belle femme, Irène. Le corps bien pris, le teint clair, une efficacité. Anna, qui ne la connaissait pas, lui trouve d'abord un air intelligent, agréable. Après elle est agacée, peut-être parce qu'Irène ne dit rien, mais reste assise comme un sphinx. Irène observe.

Qui aime Irène, qui peut l'aimer ? Pendant qu'il beurre la poêle, qu'il jette et rattrape les crêpes, Chico, c'est un fait, se demande comment on ferait l'amour avec une femme comme Irène. Il est intéressé par la question, attentif, mais il n'arrive pas à imaginer. Ce n'est pas qu'elle soit impénétrable, se dit Chico. Ah non, se dit Chico avec énergie. Mais même un défi, une provocation, elle ne peut pas les donner, elle les retient. Ça l'engagerait, pense Chico. Et il voit dans sa tête Mary, Mary riant dans ses cheveux, Mary qui au milieu d'une conversation met le doigt sur ses lèvres, soulève son pull, et montre, tranquille, ses seins. Tout en pensant à Irène, Chico est amoureux.

Beaucoup de crêpes, épaisses et délicieuses. Sirop.

Le jour s'allonge.

Pendant qu'il mange sa crêpe bien épaisse et fondante, Chico continue de penser à Irène. Il est sur le point d'arriver à une conclusion trop morale, personne n'a envie

138

de faire l'amour avec Irène parce qu'Irène n'a envie de faire l'amour avec personne. Mais ce n'est pas possible, se dit Chico. Alors.

Julien a pris la place à côté de Nathalie, ils mangent ensemble, ils partagent. Quand elle a fini Nathalie saute de sa chaise. Julien la retient par les cheveux et l'attire. Il la regarde avec férocité et il demande :

— Est-ce que tu m'aimes ?

Nathalie se dégage et court dans sa chambre. Élisa la suit.

Le temps s'étale. Un vide. On finit les crêpes.

Julien dit qu'il va emmener les petites filles manger une glace. Irène commence une objection et s'arrête. Mary ne dit rien. Julien va chercher Nathalie et Élisa, elles disent Oui, oui, les trois sortent.

De nouveau, un calme.

Au fond de ce calme, la voix d'Irène. Irène se dresse, elle s'assied tout droit, elle dit :

— C'est un pervers, ce type.

C'est évident, dit Irène.

Elle répète :

— C'est un pervers.

Elle ajoute :

— Ça se voit.

Le mot se pose dans la pièce, lentement.

Il circule aux quatre coins, et, rapide, il verrouille.

Chico, Anna, Mary ne se regardent pas. Irène les regarde à tour de rôle.

Évidemment Anna devient folle.

— Qu'est-ce que tu racontes, comment peux-tu, c'est toi qui as de la saleté dans les yeux, etc.

Et puis qu'est-ce que tu lui veux.

Évidemment Irène répond, Moi, rien, et c'est la vérité.

— Mais ça m'intéresse, dit Irène.

Chico et Anna sont écœurés.

Chico dit, il fait un geste des mains comme pour aplatir quelque chose :

— Mais bien sûr qu'il l'aime, la petite. Peut-être qu'il en veut un, d'enfant, et Chico regarde Anna d'une façon appuyée, stupide.

L'étrange, Anna et Chico l'ont pensé plus tard, chacun de leur côté, c'est que personne n'a demandé à Irène de préciser à partir de quoi elle avait, croyait-elle, si clairement perçu Julien.

Mais plus étrange encore a été la réaction de Mary. Elle s'est mise à crier.

— Moi aussi je l'aime Nathalie, moi aussi. Et ça me rend triste, c'est tout. Voilà, c'est tout.

Elle s'est tournée vers Chico, criant encore plus fort, hurlant :

— Et toi tu ne fais rien. Et toi, tu restes là, bien-heureux, béat, tu ne fais rien.

Elle a attrapé un verre et l'a jeté par terre.

— Les hommes ne comprennent jamais.

Elle est sortie, elle a couru dans sa chambre.

Les autres sont restés dans la cuisine. Chico a ramassé les morceaux de verre.

Irène a pris un air lointain, non concerné.

Chico a eu envie de la claquer, Anna aussi.

Quand Julien est revenu avec les filles, Anna et Chico ont eu la même pensée. Beau comme l'innocence, ce Julien. Voilà.

Irène a demandé où ils avaient mangé la glace, et Julien lui a répondu avec un ton très agressif, franchement désagréable, comme si, a pensé Anna, il avait senti quelque chose, alors qu'il n'était pas là.

Anna a dit qu'elle était fatiguée, et très vite Irène a emmené Élisa. Julien et Anna ont aidé Chico à ranger et sont partis et Chico est resté avec Nathalie dans la cuisine bleue, immobile.

Julien et Anna rentrent en métro.

Gros métro chaud et bombé. Partout des graffitis sans signification. Anna, qui les a toujours aimés, les trouve déprimants.

Un jeune homme noir avec un bonnet sur la tête, enfoncé, des lunettes noires et des chaussures longues, à clous. De temps en temps il joue sur son harmonica un air mélancolique, très pur.

Une famille de gros, entassés et mangeant. Ils ont tous un anorak identique, en plastique mou.

Une jeune fille blonde comme une colombe, déjà abîmée, avec un petit sac rouge pendu par une lanière fine. Elle est assise, de l'air chaud mal réglé arrive par-dessous la banquette, et elle a l'air effrayé.

Pressions et courants. Secousses, chaos divers. On passe les stations, les énormes piliers. Creux du monde.

Julien et Anna sortent, ils vont chez Anna.

Dès la porte fermée, Julien se déshabille. Il garde son chapeau, il s'approche d'Anna les yeux à demi fermés, il l'enlace.

Anna s'enfuit.

Julien la rattrape, la coince contre un mur, il la presse, il se frotte contre elle.

Il lui embrasse les cheveux, le cou.

Il a complètement fermé les yeux.

Anna se sent pénétrée par le corps entier de Julien. Le corps entier de Julien la pénètre, rentre dans son sexe, et le dilate, le dilate.

Elle embrasse Julien, elle essaie de l'embrasser.

Julien dégage sa bouche, il garde le visage dans les cheveux d'Anna, il soulève sa jupe, il la caresse.

141

— Tu aimes trop Nathalie, dit Anna. Elle est assise, habillée, elle boit une bière.

— Pourquoi, dit Julien. Il est allongé nu, sur le lit, les bras en croix.

— Parce que, dit Anna, tu l'aimes trop. Et puis d'abord, qu'est-ce que tu lui veux ?

— Moi, rien, dit Julien.

— C'est une petite fille, dit Anna.

— Je sais, dit Julien.

Anna sent la colère monter.

Tout d'un coup elle demande :

— A quoi tu penses, quand tu fais l'amour avec moi ?

Julien se retourne, s'assoit et la regarde. Il attrape son chapeau, le met et dit en souriant :

— A toi, évidemment.

Anna est de plus en plus en colère. Elle dit :

— Ce n'est pas vrai. Je suis sûre que ce n'est pas vrai.

— Ah bon, dit Julien.

Anna reste en silence, elle boit sa bière.

Au bout d'un moment elle dit :

— Je crois que tu penses à Nathalie.

Julien ne répond pas. Après il dit :

— Tu es folle. Quand je fais l'amour avec toi, je pense à toi, ou à rien.

— A rien, ricane Anna.

— Tu es belle, dit Julien, tu es vraiment belle. Il se met debout, il s'approche. Il dit :

— Regarde.

Bien sûr, Anna voit.

— Je n'ai jamais eu autant envie de faire l'amour qu'en ce moment, dit Julien. Il met la main sur la tête d'Anna. Je ne pense qu'à ça. J'ai tout le temps envie.

— Et alors, dit Anna.

Elle se sent cassée, en train de partir en morceaux.

— Moi, dit Anna, je crois que tu ne penses qu'à une chose, faire l'amour avec Nathalie.

Elle ne sait pas si elle le croit ou non, elle le dit.

Julien la regarde. Il siffle, un long sifflement. Après il prend ses vêtements, il s'habille, caleçon, pantalon, chemise, cravate.

Quand il a fini, il va chercher un verre et une bière et il s'assoit en face d'Anna.

— Non, dit Julien, je n'y pense pas. Je pourrais y penser, mais je n'y pense pas. Tu ne comprends pas ce qu'elle représente, pour moi, Nathalie. D'ailleurs moi non plus, je ne comprends pas. Il réfléchit. Nathalie, c'est comme un point où tout se concentre, tout se focalise, le chaud, le froid, il rit, la nuit, le jour. Un point où la vie devient plus forte, il fait un geste large de la main, plus grande.

Il s'arrête et boit une gorgée.

— Nathalie, comment te dire, c'est ce qui fait que pour moi la vie est vivante.

Il fait une grimace.

— Non, ce n'est pas ça. Je ne peux pas en parler. Il se lève. Je ne peux pas et je ne veux pas.

Le visage d'Anna, tordu.

— Si tu t'entendais. Un ramassis de n'importe quoi, un baratin, ça sonne faux, mais faux. Je te dis que tu veux la baiser.

— Non, dit Julien, non. Mais quand bien même, dit Julien calmement, pourquoi pas.

Oui, répète Julien, pourquoi pas.

Un temps passe, long.

Anna dit : Je te déteste.

Julien fronce les sourcils.

— Tu m'énerves. Nathalie...

Julien s'interrompt.

— Je ne veux pas en parler, et tu m'obliges. Nathalie, mais c'est quelque chose d'extraordinaire, de fabuleux. Comment elle bouge, tu as déjà vu ? Comment elle pense.

Elle pense tout le temps, dit Julien, presqu'à voix basse.

Et c'est toujours juste.

Anna hausse les épaules, l'air dégoûté.

— Oui, c'est toujours juste, répète Julien. Nathalie est extraordinaire, dit Julien.

Il se penche vers Anna.

— Tu ne peux pas comprendre ça ?

Anna pleure.

7

Julien est rentré chez lui, il s'est couché tout habillé sur le lit, il s'est endormi aussitôt.

Le lendemain au réveil il s'est rappelé avec répugnance comment il avait parlé de Nathalie à Anna. Il a pris une douche en mettant la radio très fort, il s'est habillé rapidement, il est sorti.

Il a plusieurs affaires à régler, urgentes, il les remet à plus tard, plus tard.

Rue féroce et chaude. Le ciel est serré, sans un pli. Julien marche, il va vers le Pont. Il se représente le grand déroulement plat du Pont, il en a besoin, il les veut, ces planches précaires jetées entre un début et une fin et franchies, plein air, dans le filet d'acier.

Quartier est, les hangars. Poubelles géantes.

Au coin d'une rue, Julien voit devant lui un garçon noir, il doit avoir huit ans, qui traîne pensivement les pieds, les mains dans les poches, la tête penchée. Julien va le dépasser et brusquement non, il ralentit, il se met à le suivre.

Le garçon est un garçon. Il a un T-shirt blanc, un blue-jean, des baskets.

Absorbé, intense.

Seul.

On les voit, clairement, et séparés, lui et sa solitude.

Rien de triste. Une confrontation réelle.

Peut-être inédite. Oui, sans doute, pense Julien, est-ce pour ce garçon une découverte.

Julien regarde le garçon, tellement intense, absorbé.

Il est là, on le voit bien, se dit Julien, en train d'éprouver cette dimension particulière qui n'est pas la solitude, mais qui, dans une excitation calme, permet à la solitude de se déployer, il est en train de faire l'expérience de cette chose logée en lui et différente de lui, de ce recours, en somme, auquel il peut s'adresser.

— Ah, garçon, pense Julien avec ironie, c'est merveilleux, n'est-ce pas ?

Lui, Julien, se sent neutre, enveloppé dans un drap. Il suit le garçon.

Il n'éprouve rien, mais il sait.

Il sait à l'avance tout ce que va faire le garçon, le mouvement des pieds, des mains, le corps. Comment il va avancer, pencher la tête, regarder par terre.

Julien sait.

Et pourtant il se sent violemment privé de quelque chose.

Il y a quelque chose que Julien ne peut saisir.

Le garçon marche. Son dos maigre. Un pied, un autre.

Le garçon met la main sur le mur, il la laisse traîner.

Julien sent le granulé du mur sur sa propre main.

Le cou noir du garçon. Sa souplesse.

Comment est-ce que Julien connaît ce qu'éprouve le garçon, son expérience ? Il la connaît, c'est une chose qui se précise.

Julien voudrait rentrer dedans, la pénétrer. Pendant que Julien marche, le mouvement de suivre le garçon devient le mouvement d'approcher de cette expérience. Mais même en marchant presque sur les talons du garçon, Julien reste dehors, exclu.

Les épaules du garçon.

A présent le garçon balance les bras, devant, derrière. Il les ouvre, il les balance.

Qu'est-ce qu'il attrape, qu'est-ce qu'il veut attraper. Julien le suit.

Le garçon voit une cannette de bière vide par terre sur le trottoir, il s'arrête et donne un coup de pied dedans, il continue, il la pousse du pied.

Julien avance, dépasse le garçon, intercepte la cannette.

Il donne à son tour un coup de pied dedans, il l'envoie loin.

Il court après, le garçon aussi.

Ils jouent.

Ils prennent le trottoir.

Ils jouent avec passion.

Enjambées longues de Julien, rapidité du garçon. Ils se bousculent, sérieux.

Le jeu devient plus dur. Les distances, plus grandes.

Maintenant ils prennent la rue.

Grands coups dans la cannette, bousculades, courses et poursuites.

Tous les deux, les yeux par terre, sur la cannette.

Le trottoir, la rue.

Tour de Julien, un coup précis et bref.

La cannette au milieu de la rue.

Saut brusque du garçon, qui se détache, qui fonce.

Hurlements de freins.

La voiture pile.

Julien sur le trottoir, le garçon et la voiture face à face.

C'est une voiture grise.

Le conducteur sort en criant.

Le garçon remonte sur le trottoir.

Julien et le garçon regardent la voiture repartir en silence.

Ils restent un moment là, les bras ballants.

Le garçon avale sa salive. Il dit d'une voix faible :

— Eh ben, dis donc...

Julien attrape le garçon par les cheveux, il lui redresse la tête, il le tient.

Le garçon se débat.

Julien approche son visage tout près et il dit, il parle entre ses dents, il est blême, déformé :

— Petit salaud, espèce de petite ordure.

Il secoue le garçon, il le secoue avec une violence inouïe. Il le jette contre le mur. Le garçon se met à hurler. Julien répète encore, Petite ordure, et il lui tourne le dos, il part brutalement.

Le soir de la scène avec Irène, Mary n'a pas voulu que Chico reste. Elle a couché Nathalie dans son lit à elle, et s'est endormie très vite à ses côtés. Le lendemain, elle n'a pas emmené Nathalie à l'école, mais elle l'a prise avec elle à la boutique. Nathalie, très contente, a joué dans les robes.

Mary, elle, triste et triste.

La boutique lui semble faite d'une confusion de robes. Fleurs et rayures, petits pois et paillettes, dentelles et foulards, draperies. Plus de murs, plus de tiroirs. Un emmêlement de tissus mous, pendus, éparpillés, sans forme, qui l'accable.

La matinée traîne. Mary est incapable de parler avec les clientes, de faire la conversation.

Devant elle passent des sourires fondants ou excités, des grandes bouches peintes, des boucles d'oreilles. Parfums et rumeurs. Cliquetis. Peaux nues, taches roses et brunes. Ombres et secrets. Frémissements. Les femmes paraissent toutes à Mary vaguement monstrueuses. Et, pense Mary, il y en a trop.

Elle se sent englobée.

Nathalie s'amuse beaucoup, se déguise et les déguisements de Nathalie, ses robes longues et ses chapeaux, son allure et son jeu, ses tentatives accablent encore plus Mary.

Elles rentrent très tôt.

Pendant que Mary est assise dans sa cuisine, lourde et compacte comme, lui dira Chico, une nuit sans rêve, Chico s'annonce et arrive. Chico, un homme décidé.

Il en a assez, il se l'est dit, de voir Mary «comme ça».

Il arrive, et tout de suite il entreprend Mary. Il commence à l'embrasser.

Il embrasse les doigts, un par un, il remonte, le poignet, le coude, la saignée.

— Arrête, dit Mary.

Chico continue. Il rit et il continue à embrasser Mary. Il découpe Mary à coups de baisers nets, sérieux.

Il l'embrasse avec système, en riant. Les yeux, le nez, le front.

Il descend, il remonte.

Les seins, il les sépare. Il les embrasse l'un après l'autre.

Le cou. Le creux du cou.

Mary caresse la tête de Chico. Loin au fond d'elle-même, elle pense à Nathalie. Image lointaine et si douloureuse de Nathalie, cette petite femme.

On sonne. Julien, comme une évidence.

Quand Mary lui ouvre la porte, il entre, l'air furieux, et demande avec rage si Nathalie est là et s'il peut l'emmener au Pont. Chico répond tout de suite que

Nathalie est là, oui, et que certainement Julien peut l'emmener au Pont.

Bien sûr Chico a trop, absolument trop envie de cette Mary. Mais aussi, comme il le dira plus tard, il a confiance.

— J'ai toujours eu confiance en Julien une fois que je l'ai connu, dira plus tard Chico à Mary.

Mary laisse faire.

En marchant, Julien explique à Nathalie qu'il veut lui montrer le plus beau des Ponts. Nathalie a dû déjà le voir, mais elle ne se souvient pas.

Dès qu'il a commencé à marcher avec Nathalie, la rage qui habitait Julien depuis tout à l'heure, depuis l'incident avec le garçon, cette rage est tombée.

Nathalie. On ne peut pas dire qu'elle le calme. Mais, en un sens, elle l'apaise.

Le Pont est de l'autre côté de la ville. Ils prennent un taxi, Julien le fait arrêter à l'entrée.

De loin Julien indique à Nathalie l'armature, les arches, il commente. Quand ils descendent du taxi, ils prennent le passage pour piétons et vélos au-dessus des voitures.

Julien et Nathalie. Julien grand, avec son chapeau feutre et un pantalon large, taille serrée. Nathalie, petite, ses couettes. Ils se tiennent la main.

Dessous les voitures font un bruit continu, qui disparaît dans l'air, qui occupe l'air et y est absorbé. Comme un volume impalpable qui soutiendrait la passerelle des piétons.

Ils avancent. Ils voient la première arche. Julien, c'est vrai, avait parlé de cathédrale.

Des deux côtés, le filet d'acier, accroché.

Ils marchent à l'intérieur du filet.

Autour, la baie.

Elle est immense. La surface de l'eau dessine comme la forme même du monde, cette forme courbe, mystérieuse.

Eau active et immobile, pense Julien.

Eau gonflée.

Une étendue pleine.

Julien et Nathalie sont fascinés.

L'eau les tient. Sa vigueur.

C'est bien l'eau d'une baie, immobile, active. Julien se répète les mots.

Eau qui fabrique, qui façonne.

Les constructions sont là, usines et autres ponts, les tours, les hangars et ces constructions sont engendrées par la baie, par l'eau, on le sent.

Fabriquées, pièce par pièce.

Eau liquide et forte. Autour et dedans, sur les rives, sur les îles, la matière découpée et assemblée, lourde, variable.

Énergie bleue de cette eau.

Dans le ciel un avion, sa traînée de nuages, et au fond, la grande femme au flambeau, la vieille statue.

Julien et Nathalie se sont assis sur un banc, ils regardent.

Tous les deux suffoqués. Cette eau vivante. Vivante et informe, et d'elle émerge le monde.

Au bout d'un moment Julien se rend compte qu'il est en train de penser au déluge. Ou plutôt, il pense au monde émergeant du déluge.

Ce n'est pas que l'eau lui semble menaçante, non.

Mais cette perfection si absolue ne peut, a tout d'un coup pensé Julien, que venir après une catastrophe, et elle doit porter les traces de cette catastrophe dans sa beauté même.

Julien trouve étrange cette pensée qui pourtant est là, qui s'impose.

— Moi aussi je suis beau, pense Julien. Et il se voit, beau.

Nathalie, elle, regarde partout. Maintenant elle pose des questions, elle voudrait connaître les noms.

Julien lui dit ce qu'il sait. Il continue à penser au déluge, au monde qui émerge, bout par bout.

Il raconte à Nathalie.

— Tu vois, dit Julien, on peut imaginer, là, les îles, ce sont des restes, des débris.

Nathalie ne comprend pas.

Elle demande, elle est inquiète :

— Les îles qui sont là, dans l'eau, elles commencent à sortir, ou elles vont être recouvertes ?

Julien est frappé par la question de Nathalie. Il dit, après réflexion :

— Elles sortent. Mais, tu sais, ajoute Julien en souriant, rien n'est définitif. Je n'imagine pas un autre déluge, Julien caresse toujours souriant la tête de Nathalie. Non. Mais cette eau, là, il me semble qu'elle attend. Elle est plate et immobile, et elle attend. Elle pourrait à nouveau, tu vois, par sa simple surface, Julien fait un grand geste horizontal, elle pourrait à nouveau tout recouvrir. Ils continuent de regarder assis l'un à côté de l'autre.

Nathalie se lève du banc, elle se met à jouer. Elle a emmené sa poupée, elle lui montre, lui explique.

Julien reste assis.

Le ciel, sur l'eau, et le rythme des fils d'acier.

Mouvement continu du ciel, rythme troué des fils d'acier.

A travers le filet d'acier, la baie. Elle bouge un peu, si peu.

Julien se met à penser à la belle vieille femme sans nom

154

dont il avait parlé une fois avec Chico. Il y pense très fort. Présence forte de cette femme.

Comment elle l'aspirait, pense Julien, le plongeait en elle. Comment elle le gardait si longtemps à l'intérieur, sans bouger, sans bouger, voilà, immobile et active.

Et comment elle l'utilisait. Comment elle façonnait ses bras, ses cuisses, sa verge, les formait, rendait tous ses membres à eux-mêmes. Les rendait durs, précis.

Julien venait la voir sans prévenir, à l'avance furieux et désirant.

Elle, le prenait, le façonnait. Il sortait d'elle anéanti, et restitué, oui, chaque fois plus précis, plus dur. Construit.

Et comment elle triomphait. Heureusement, avait à l'époque pensé Julien, et cette pensée lui revenait maintenant. Heureusement. Il ne lui devait rien.

Nathalie s'est de nouveau assise près de Julien sur le banc.

Julien a recommencé à lui parler de ce qu'on voit. Les tours gothiques, pointes et dentelles, les tours récentes, en plastique, des cubes, légers. Le vieux ferry-boat vert, l'île des immigrants. Les quartiers massacrés.

— Et là-bas, dit Julien, c'est Brooklyn.

Il montre, en face, les blocs d'immeubles, les cheminées noires et bleues, les routes entrelacées. Une masse confuse.

— Je suis né là-bas, dit Julien. Ça fait des années que je n'y suis pas retourné. Il se sent tout d'un coup très ému. Il ajoute, il regarde Nathalie et les paroles viennent d'elles-mêmes :

— Ma mère m'a raconté son sommeil à ma naissance. On l'avait endormie, et elle dormait, elle dormait.

Julien s'arrête. Il reprend brusquement :

— Parfois je me dis qu'un jour je retournerai là-bas,

et que ce sera comme m'enfoncer à mon tour dans le sommeil.

Nathalie ne dit rien, elle regarde Julien. Julien se sent maintenant horriblement triste, et sentimental, prêt à pleurer. Ridicule comme un éléphant.

Nathalie regarde l'eau. Après elle dit qu'elle s'ennuie, qu'elle veut rentrer.

Julien se met à caresser la main de Nathalie. Petite main douce et rusée.

Il embrasse ses cheveux.

Nathalie ne dit rien et regarde l'eau.

Julien sent sa verge devenir raide entre ses cuisses.

Il hausse les épaules.

Il se lève, il dit à Nathalie :

— Viens, on va courir.

Ils se poursuivent, ils courent.

Le ciel tourne, descend lentement.

Julien ramène Nathalie chez elle.

Pendant que Julien emmène Nathalie au Pont, Chico et Mary.

Mary pleure. Dès la porte refermée sur Julien et Nathalie, Mary pleure.

Elle est une vallée de larmes, un ruissellement. Elle pleure et elle pleure. Elle est là, au milieu de ses larmes, lourde et compacte, et passive, toute extérieure. Faite par les larmes qui descendent, qui sortent d'elle.

Mary, un bloc liquide.

Mary pense à une seule chose : Nathalie. Disparaître et se fondre et se noyer dans Nathalie, avec Nathalie.

— J'aime trop Nathalie, dit Mary, trop.

Chico l'embrasse.

Chico est ému.

Les larmes, pense Chico, rendent Mary transparente, comme une absence, comme une illusion.

Où est Mary, où est cette femme ? Chico ne se formule pas cette question, mais elle est là, en lui.

La transparence de Mary, sa disparition dans les larmes, donnent à Chico une envie furieuse de posséder Mary. Posséder quoi ?

Mary.

Percer cette transparence, la traverser.

Trouver Mary.

Mary s'arrête de pleurer. Elle a pris la main de Chico, elle la serre. Elle dit :

— Quelle douleur, si tu savais.

Je me sens si mauvaise.

Maintenant quand je pense à Nathalie, je suis seulement remplie de tristesse. Plus je la vois jolie, et fine, et rieuse, et maline, plus je suis triste. C'est comme une montagne de tristesse qui me tombe dessus. Bien sûr je peux être fière et contente, bien sûr, mais toujours il y a cette tristesse qui vient.

Avec elle je me sens si seule.

Je voudrais ne plus penser.

Que ma pensée soit anéantie.

C'est une telle déchirure.

Je nous vois, quand on allait à la mer, toutes les deux. On sautait, et les vagues nous submergeaient. Ensemble, dans l'eau. Recouvertes par l'eau.

C'était si bon.

Maintenant je voudrais ça, que les vagues viennent et nous submergent, et non, les vagues s'arrêtent. Entre elle et moi, elles s'arrêtent.

Je suis seule.

Elle est de l'autre côté.

— Comment ça, de l'autre côté ? demande Chico. Il

157

s'est mis à marcher dans la pièce. Il se sent mal à l'aise, gêné par ce que dit Mary.

Il n'a pas envie d'écouter.

Mary le regarde. Elle parle vite, elle s'énerve.

— Ses yeux sont de l'autre côté, sa bouche est de l'autre côté, son visage est de l'autre côté. Il y a moi, Mary se passe la main sur le corps, et il y a elle, Mary fait un geste, elle jette les mains en avant. De l'autre côté.

Mary s'interrompt. Elle regarde par la fenêtre.

— Cette douleur, cette déchirure, je l'ai toujours sentie avec Nathalie, comme ça, par accès.

Elle s'arrête encore, elle a l'air de rêver. Elle dit :

— Toute petite, quand elle était toute petite j'avais toujours envie de l'embrasser dans l'oreille, à l'intérieur, là où c'est trop trop doux.

Mary ajoute, elle se parle à elle-même : Je ne l'ai jamais fait.

Chico est immobile, noué.

Mary se lève, tourne un peu, s'assoit à nouveau.

— L'autre jour, en cherchant un tissu, je suis passée par une petite rue délabrée, avec des maisons en ruine, le trottoir qui se crevassait. Tout était pauvre, pauvre. La rue, les maisons, même le ciel, dit Mary en secouant la tête, même le ciel était pauvre. Et puis un air d'accordéon est sorti d'une fenêtre, et j'ai été saisie, c'était le même sentiment, la même déchirure. Une nostalgie terrible, oui, ce sentiment qu'on a quand on aime une chose impossible.

Pas quand on la veut, dit Mary. Quand on l'aime.

Comme elle est. Impossible.

Cet air d'accordéon, continue Mary, ça m'a rappelé un homme. C'était deux ans après la naissance de Nathalie. A l'époque j'avais une passion pour les vieux bars et ces airs anciens, nostalgiques.

Mary ne parle pas pendant un moment.

— C'était un mauvais garçon, comme on dit. Il travaillait un peu, et puis il faisait des coups. Il était très beau, ajoute Mary. Presque aussi beau que Julien.

Chico fait la grimace.

— Après, continue Mary sans faire attention, j'ai pensé que la nostalgie était là, au départ, dans ma passion pour ce type. A l'origine.

Mary, les yeux vagues.

— C'était la nostalgie qui me prenait et qui m'enveloppait, qui me pénétrait et qui me laissait.

C'était elle qui m'abandonnait.

Mary recommence à pleurer.

— J'écoutais tout le temps une chanson. You better run for your life, little girl, you know I'm a jealous man.

J'écoutais le disque et je pleurais.

On se battait.

Mais ce n'était pas de la jalousie.

On se battait pour pleurer ensemble après.

Mary se calme tout d'un coup.

— Et puis, du jour au lendemain, ça m'a dégoûtée. Je trouvais ça répugnant. Cette colle.

Un silence. Chico a pris la main de Mary et la caresse.

— J'ai connu une femme, dit Mary après un moment, elle avait une petite fille de l'âge de Nathalie. On s'est connues dans le parc. Elle disait tout le temps que sa fille ne savait pas jouer seule. Il fallait, disait-elle, qu'elle lui montre comment jouer. Très vite je me suis sentie mal avec elle et sa fille. Elle ne pouvait pas, elle ne pouvait pas, répète Mary, la laisser tranquille. Elle était tout le temps sur son dos. A la fin sa fille faisait des crises, s'évanouissait.

Chico a continué de caresser la main de Mary. Maintenant il l'attire, il la prend dans ses bras, il l'embrasse.

Mary se détourne.

159

— Cette femme, continue Mary. Il y avait chez elle des quantités de magazines, tu sais, un peu porno, où on voit des femmes nues, sur du papier glacé. C'était bizarre chez une femme plutôt raffinée par ailleurs. Ces magazines vulgaires.

— Eh bien, dit Chico en riant, il en a assez de ces histoires, elle non plus elle ne pouvait pas jouer seule.

— Ha, dit Mary. Mais elle reste interloquée.

Chico la caresse. La tête, les épaules. Mary se laisse faire.

Elle est plus calme, c'est certain.

Mais elle n'y croit pas.

Elle ne croit pas que Chico puisse, en somme, l'arracher à cet état, à cette pesanteur qu'elle subit.

Et même elle sent Chico comme un intrus.

Un étranger, venu d'ailleurs s'installer au milieu d'elle.

— Laisse-moi seule, dit Mary à Chico.

— Non, dit Chico.

Il prend la main de Mary et l'embrasse.

— Pas question, dit Chico.

Mary ferme les yeux.

Elle a envie de repousser Chico.

Elle soulève sa jupe et descend le slip.

— Nathalie est venue par là.

Elle ajoute :

— C'est tout.

Un silence.

— Je sais, dit Chico.

Il prend Mary dans ses bras et la porte sur le lit. Il s'allonge à côté d'elle.

Long moment.

Chico ne fait absolument rien. Il respire seulement, à côté de Mary.

Ce corps tranquille et lourd.

160

Mary garde la tête dans les bras de Chico, enfouie.

Elle ne pense pas, Chico ne fait rien.

Deux corps, là. Un et deux.

Le temps passe, très lent, un temps allongé, qui se remplit, qui se confond avec l'espace.

Chaleur.

Confusément d'abord, ensuite d'un coup, quelque chose revient. C'est là, dans Mary.

Une curiosité. Ah oui, une curiosité formidable.

Déshabiller Chico. Vite. Mary le fait, en riant.

Chico respire, attentif, calme.

Mary regarde Chico nu, penchée sur lui.

Elle rit, elle le regarde.

Mary, les seins dressés.

Elle touche Chico, elle l'embrasse, le flatte.

— Ah, soupire Mary. C'est vrai.

Ça existe, dit Mary.

Chico reste immobile, tout à fait.

Mary joue avec lui.

8

Julien est retourné voir Anna.

Il n'a pas su quoi dire, il n'a rien dit.

Tous les deux soulagés qu'il soit revenu.

Anna a dit qu'elle se sentait bête, Julien a dit que ce n'était pas grave.

Une inquiétude est restée, comme devant un mélange, une chose hybride.

Pendant une semaine Anna a beaucoup cuisiné, essayant de nouvelles recettes, des plats compliqués, des goûts surprenants. Elle a invité des amis.

Julien a eu beaucoup à faire. Rendez-vous, sorties. Un petit voyage.

Anna lui a donné une clef et Julien est venu dormir avec elle tous les soirs, dormir à côté d'elle qui souvent dormait déjà et partait tôt le lendemain matin, le laissant dans le lit, l'embrassant et le laissant.

Anna est obsédée par un vieux film, un western qu'elle est allée revoir.

Il s'agit d'un homme et d'une femme qui se sont séparés et qui se retrouvent. Dans une scène très belle l'homme demande à la femme de lui mentir sur le passé. Lie to me, lui dit-il, mens-moi.

Scène très belle, couleurs sombres et rouges, flamme et lumière. La force avec laquelle l'homme demande le mensonge est extraordinaire. Son visage brun avec les yeux à demi fermés, immobile, intense, et le poids des épaules. Mens-moi, dit-il, sans bouger. Raconte-moi des histoires.

Il s'expose, pense Anna, il s'expose tellement. Cette fracture qui est en lui, qui casse sa force et qui l'oriente, il la montre. Il l'offre.

Anna est émue.

Anna a demandé à Julien ce qu'il faisait de son temps. Julien lui a répondu brièvement qu'il réglait des affaires en cours. Anna se doute qu'il s'agit de revendre du matériel volé, des appareils.

Que pense Anna des activités de Julien ? Elle ne déteste pas cette part de secret. Pour le reste elle n'y attache pas beaucoup d'importance. Elle a décidé, comme elle l'a dit une fois à Mary, que Julien ne savait pas encore ce qu'il voulait de la vie.

Anna voit plusieurs fois Julien avec le couple qu'ils ont déjà rencontré dans le parc. La femme brune et blanche, très belle, ne dit jamais rien. Parfois elle sourit, tout d'un coup elle laisse éclater un sourire comme une enfant. Elle est captivante avec son air absent, même pas ironique, très doux, mais absent. Un défi, bien sûr, mais elle est sans provocation, traversée seulement, innocente.

Anna ne l'aime pas. Dans sa tête elle l'appelle « la passante ».

Julien, lui, la trouve très belle. Et, fait-il remarquer à Anna, il faut beaucoup de force pour parler si peu. Il rend Anna furieuse.

L'homme, par contre, est un discuteur. Il s'accroche, il parle sans arrêt, il veut sans arrêt discuter. Petit, agile, musclé, ne sachant pas quoi faire de ses muscles. Il s'agite, il parle. Il discute sur tout.

Un soir, Anna et Mary, accompagnées de Chico, retrouvent Julien sur un banc du parc où ils avaient rendez-vous.

Le couple est en train de partir. L'homme fait des grands gestes, Julien regarde ailleurs.

— De toute façon, c'est de la récupération, et je lui crache dessus, à cette société pourrie, est en train de dire l'ami de Julien.

— Pas de grands mots, dit Julien. On le fait, c'est tout.

Il ajoute en riant :

— Moi, je n'ai pas d'ennemis, c'est ce qui me tuera.

Une fois le couple parti, Chico secoue la tête et dit d'une façon sentencieuse et lourde :

— Tu ne crois pas si bien dire. J'en ai connu un qui parlait comme toi, on l'a retrouvé, il se balançait au bout d'une corde. S'était pendu.

Julien a un regard blanc. Ensuite il fait une grimace avec sa bouche, sarcastique.

— Toi, dit Julien. Ce que tu peux dire comme conneries.

— Non, dit Chico. Il prend un air encore plus lourd, Anna a envie de le battre, Mary aussi est gênée :

— Un homme qui n'a pas d'ennemis, dit Chico, est un homme mort.

Un silence. Anna dit en ricanant :

— Bravo. Quelle belle phrase. Et maintenant on va dîner.

Il est vrai que Chico, lui, n'en manque pas, d'adversaires. Il se bagarre sans arrêt. Dans son travail, patrons et collègues. Pour son projet de restaurant. Il rêve, il se bagarre. Il aime raconter. Aventures, épisodes. Mary

167

et Anna écoutent alors volontiers, et Julien écoute aussi, avec ironie et intérêt.

De la même façon, narquoise et intéressée il écoute Anna, Anna qui mène aussi des bagarres, mais plus confuses, Anna qui parle des enfants dont elle s'occupe.

Pendant plusieurs semaines, Anna parle sans arrêt d'un petit garçon de l'école. En un sens, il n'a rien de particulier, mais Anna est très touchée par lui. Il a une petite tortue qu'il emmène en classe. Il la garde dans une petite boîte. Une fois Anna lui a dit que la tortue serait peut-être mieux posée dans l'herbe, de temps en temps. Le garçon a souri et a secoué la tête. Non.

Il ne demande jamais rien, voilà.

Il joue, il fait ses petits travaux, tranquille et raide, sérieux, toujours bien coiffé, la raie sur le côté, des habits propres.

Il ne se salit jamais.

En fait Anna trouve qu'il n'a pas l'air d'un petit garçon.

Ce manque d'élan. Tout pour lui a l'air d'être obligatoire. Pas pesant, non. Obligatoire.

Le travail et la nourriture. Le repos. Le jeu.

Même espace, même couleur, pense Anna. On dirait qu'il vit lui aussi dans une boîte, qu'il se déplace et respire à l'intérieur d'une petite boîte en carton, poreuse et grise et limitée.

Et un jour, Anna s'est dit, il est abstrait. C'est un enfant abstrait. Le mot une fois pensé n'apportait pas d'explication. Mais Anna s'est vraiment inquiétée. Ensuite, par recoupements, elle a commencé à imaginer, et puis à être sûre, que ses parents le battaient.

Elle a décidé de demander une enquête.

Elle en a parlé à Julien.

168

Julien lui a dit : Tu ne comprends rien. Il a ajouté : Tu comprends la moitié des choses, c'est pire.

Il n'a pas voulu en dire plus.

Anna s'est sentie désespérée, perdue dans un marécage, dans des sables mouvants. Elle a quand même demandé l'enquête.

C'est la ville, belle saison. Ciel large, ville tendue, chaleur. Les arbres sont très verts et lumineux à côté des murs en briques jaunes et rouges, opaques. L'air porte tout, les odeurs, l'essence, la poussière.

Agitation, les chaises dehors, les enfants sur les marches. Ballons, cordes à sauter, jeux de rues. On téléphone avec la fenêtre ouverte, on voit jusqu'au fond de l'appartement du voisin. Mary et Anna emmènent Nathalie se promener dans le parc après l'école, elles vont regarder les joueurs, elles écoutent le jazz. Une fille chante aussi, belle comme un garçon manqué, troublante et sensuelle, une reine, dit Mary.

Dans le parc, les grands cris des arbres, les clameurs des enfants. Leur exigence.

Gaieté, effets de mode. La confusion adolescente. Couleurs nouvelles, nuances comiques. Mary et Anna ont une discussion très longue sur les baskets, Anna les aime sous les grandes jupes souples à fleurs, le contraste, Mary non, trouve ça facile.

Dans la chaleur qui se déploie, dans la ville tendue, Anna circule, anxieuse. Elle a l'impression d'être sans support, sans poids, trop légère face à la tension de la ville, à sa densité.

La beauté du ciel la poursuit et la persécute et quand elle s'assoit à une terrasse de café, elle ne voit plus rien d'intéressant.

Suspendue, en attente.

Mary, elle, sort et rentre et sort de nouveau de ce bain de nostalgie où elle peut s'enfoncer avec Nathalie. Elle en parle parfois à Anna, Anna s'énerve. Mary, d'après Anna, étale l'amour, en fait une chose étalée, confuse. Elle, Anna, préfère que l'amour soit comme une ligne, un mouvement linéaire, comme un de ces airs de musique qu'elles entendent souvent dans le parc.

Mary hausse les épaules, trouve Anna trop volontaire tout d'un coup, lui dit.

— D'ailleurs, ajoute Mary, c'est différent, il s'agit de Nathalie.

Anna fronce les sourcils, inquiète.

Un dimanche très beau, Chico invite Mary et Nathalie à déjeuner chez sa sœur, la mère du petit Juan.

Malgré la chaleur, il y a des haricots noirs servis avec des tranches d'orange et un rôti. Sérieux de la nourriture, et en même temps, la fête.

La sœur de Chico et son mari parlent tous les deux un américain heurté et sonore, la sœur de Chico sert constamment à manger et pose à Mary des questions sur la ville, les écoles, le mari et Chico boivent beaucoup de bière et font des apartés dans leur langue sur le foot et les voitures, les enfants jouent.

Lourdeur et détente.

Mary se laisse aller, tranquille. Elle est présente et un peu ailleurs, bercée.

La pièce où ils sont, la cuisine blanche et très propre, lui semble un endroit plaisant, abrité, et pas seulement la pièce, tout l'espace, et le temps aussi, forment une substance souple et ferme, un monde limité et protecteur comme un ventre de femme.

Mary se demande vaguement si elle aimerait longtemps

cet accomplissement simple, cette réussite, mais là, elle est contente.

Après, la sœur de Chico sort des photos, elle montre à Mary toute la famille, tous ceux qui sont restés, elle raconte, Mary écoute, tranquille et molle.

— D'habitude, je n'aime pas tellement le dimanche, dit plus tard Mary à Anna en racontant sa journée, le dimanche me rend nerveuse. Mais là, le vide était agréable, une douceur. On pouvait supporter.

Oui, dit Anna. Elle se sent irritée contre Mary, envieuse peut-être, sans raison précise.

Un silence.

— Qu'est-ce que tu aimes le plus, toi, chez Julien, demande Mary après un moment de réflexion.

— Quelle question, dit Anna. Elle ajoute : Comme si on savait. Mary l'agace.

— On peut savoir un tout petit peu, dit Mary. Elle ne fait pas attention à Anna, elle pense à voix haute.

Anna ne dit rien. Après elle dit :

— Moi, je ne sais pas. Et, dit Anna en regardant Mary, je ne sais pas du tout ce que Julien, lui, aime chez moi.

Avec d'autres hommes, ajoute Anna, j'ai parfois su, enfin, des choses.

Elle se détend.

Il y en avait un, elle rit, c'était net. Je venais de remonter un bas, bien sûr, c'était à moitié exprès, et d'un coup, vlan, il m'a jetée sur le lit. Moi je trouvais ça drôle, je riais.

Après, dit Anna, il ne disait qu'une chose : Tes jambes. Tes jambes.

Mary et Anna rient. Anna montre ses jambes, elles rient plus fort.

Elles rêvent un peu, en silence.

— Moi, dit Mary après un moment, je crois que ce que j'aime le plus chez Chico, c'est sa bonne humeur. Oui, dit Mary, Chico est un homme de bonne humeur.

Elle sourit.

— Hmmm, dit Anna. Elle se sent de nouveau irritée contre Mary.

— Au fond, dit Mary, c'est rare.

Anna ne dit rien, après elle dit avec ironie :

— Tu commences à parler comme Chico.

Mary la regarde. Elle se rend compte que ce qu'elle dit agace Anna. Elle laisse tomber.

Anna et Julien font de nouveau beaucoup l'amour. Julien prend Anna, Anna dévore Julien.

Devant le corps nu de Julien, Anna se sent énergique, active, et joueuse, très gaie.

Pourtant inquiète.

Son inquiétude ne la quitte pas.

Au point qu'elle se surprend à se demander si cette inquiétude n'est pas particulièrement propice au jeu amoureux, comme un fond de scène, un rideau plissé et sombre, sur lequel se détacheraient les lignes du corps, les marques sexuelles, une danse transparente et forcée.

Cette question une fois posée lui a fait mal, lui est restée en travers de la gorge, l'étouffant. Après, elle a pensé que c'était seulement de la métaphysique, une complaisance.

Une fois, Anna s'est réveillée à côté de Julien qui dormait profondément sur le ventre, la tête cachée sous ses bras repliés.

Anna regardait le dos de Julien, son dos lisse et musclé, sa taille et ses épaules, et le dos vigoureux et plat était devenu une chose autonome, existant par elle-même, qui se soulevait et retombait, qui respirait.

Anna avait eu l'impression que Julien dormait sous son dos.

Elle avait été troublée.

Elle avait eu envie de caresser Julien, une envie folle.

Caresser cette peau chaude, passer une main attentive et lente, toucher le dos muet, oui, toucher quelque chose d'interdit, caresser le sommeil de Julien, caresser la nature même de Julien, son absence vivante, sa part la plus intime, retranchée.

Elle l'avait fait. Un doigt, léger.

Un doigt léger et le sentiment d'une transgression merveilleuse.

Julien s'était retourné, souriant, les yeux fermés, et l'avait attirée.

Anna a fait venir à l'école les parents du petit garçon, Benjamin.

Ils ont parlé volontiers. Le père s'appelle Joe, et la mère, Freddie. Joe est un grand type avec un visage lisse et jeune, un costume trois-pièces. Il porte une raie sur le côté comme son fils.

— Mon père à moi, a dit Joe, était maître d'école. Et croyez-moi je sais ce que c'est, élever un enfant.

Il a ri en regardant sa femme.

N'est-ce pas, Freddie.

Freddie a souri.

Joe a continué :

— Bien sûr nous avons nos petites inventions. Mais alors ?

D'ailleurs, Ben ne se plaint jamais.

Demandez-lui.

Nous sommes une famille parfaitement unie. Nous nous aimons. Il vous le dira.

Joe a soupiré.

— Ben est une partie de moi-même, vous comprenez. Et s'il nous quittait, c'est bien simple, nous ne pourrions pas le supporter.

Il a répété :

— Nous nous aimons.

Et encore :

— Nous sommes une famille unie.

Freddie tricotait, hochait la tête.

Femme massive et lourde, avec une poitrine large, des cheveux frisés et de l'or partout. Boucles d'oreilles, bracelets et dents.

Pour la première fois, les dents en or ont impressionné Anna. Avoir cette matière morte dans la bouche.

Joe, ensuite Freddie, ont parlé calmement.

Ils ont invité Anna à visiter leur maison.

Anna y est allée. La maison a été propre, bien tenue, comme elle s'y attendait.

Ben était là. Il s'est tenu appuyé contre un mur, dans un coin.

Pendant qu'Anna a circulé, souriant vaguement, dans la maison, Ben l'a suivie, souriant lui aussi vaguement.

Il avait sa petite tortue avec lui, dans sa boîte.

Freddie a servi un café à Anna. Elle a dit :

— Joe parle toujours de la mort. Il dit que ça ne nous concerne pas. Je suis d'accord. Elle ajoute, tout d'un coup pleurant, des grosses larmes stupides et molles, Nous nous aimons trop.

Ensuite, prenant la main d'Anna et la gardant dans la sienne :

— Vous savez, avant Joe, je faisais la noce. Il m'a guérie de tout ça.

Anna a quitté la maison avec un hurlement intérieur. Elle a essayé de raconter à Julien, il n'a pas voulu.

174

Pendant plusieurs nuits Anna se réveille et voit Ben, contre le mur de sa chambre, adossé. Elle écoute le réveil à côté de son lit, elle écoute les secondes qui passent, tic, tac. Elle a besoin de sentir le temps, le temps vivant qui passe.

Pendant des jours et des jours Anna ne pense qu'à une chose, Ben et ses parents. Elle y pense, elle en rêve. Anna, accablée d'un paquet dont elle voudrait à tout prix se débarrasser, gonflée d'une tumeur interne increvable.

Elle revoit dans sa tête Joe, ce grand type jeune avec son visage lisse et sa raie sur le côté, elle le revoit en train de regarder Ben. Sur le visage de Joe il y a une expression d'émerveillement, une fascination émerveillée.

Anna a perçu ce regard, on peut même dire qu'elle l'a attrapé. La nuit, elle en rêve, elle rêve du sourire de Joe, ce sourire flottant dans lequel Joe disparaît. Dans le rêve, il ne reste que ce sourire si léger, une ombre, Joe disparaît derrière, le sourire flotte dans le vide, une ombre, un nuage qui s'avance et grandit et qui recouvre Anna. Anna se réveille recouverte par ce sourire impalpable, possédée, prise dans cet horrible sourire diaphane derrière lequel la personne de Joe s'efface.

— « Ben est unique », ils disent tout le temps ça, dit Anna à Mary, « Ben est unique ». Quand ils parlent de leur famille, ils ont un ton, je ne sais pas comment expliquer.

— Ils ont la bouche pleine, dit Anna. Comme pour un mystère. Quelque chose de religieux.

Et comment ils lui tiennent la main, tout le temps, la caressant. Ils ne le lâchent pas. Et comment ils l'embrassent.

C'est son père qui lui a donné la tortue.

Ils n'ont fait aucune difficulté pour dire à Anna qu'ils le battaient.

— « Après on le lave, on l'emmène au restaurant ».

175

Freddie à Anna :

— Depuis Ben, j'ai ce gros ventre, vous voyez. Au début ça m'ennuyait, mais maintenant je suis contente. Comme ça j'ai l'impression de le garder à l'intérieur, toujours. C'est Joe qui m'a fait comprendre ça. D'ailleurs, elle rit, quand j'étais enceinte, Joe avait grossi lui aussi, il avait un ventre énorme. Tout le monde lui demandait en rigolant, « c'est pour quand ». Lui, il était très fier. Quand Ben est arrivé, il l'a tout de suite perdu, son ventre.

Elle se tapote avec satisfaction.

— Mais il aime bien que je garde le mien.

Ben est là, souriant vaguement.

Le pire en un sens est cette présence de Ben.

Il est toujours là.

Freddie rit.

— C'est notre enfant. On ne lui cache rien. Elle le saisit et lui embrasse le poignet. N'est-ce pas mon chéri. Je peux vous dire, elle regarde Anna en souriant, je suis une femme qui aime son Joe, et qui aime l'amour, ah oui, j'aime ça, je ne m'en cache pas. J'aime les bruits, les odeurs, son visage s'épanouit, elle sourit largement. Mon Ben sait ce que c'est une femme comblée.

Joe dit :

— Je lui ai toujours expliqué mes problèmes. Mon travail. Quand j'ai eu mon procès. Quand mon père est mort, ça a été très long, terrible pour moi, je l'adorais, j'ai emmené Ben à l'hôpital. Il a tout vu, les perfusions, le sang. C'est le sien, après tout, n'est-ce pas. Tous les soirs, je l'ai emmené. Joe sourit avec ses dents. Ça l'a instruit.

Ben ne dit jamais rien, caresse sa tortue.

— J'en rêve, dit Anna à Mary. Je rêve d'enfants toutes les nuits. Je vois des enfants partout, des farandoles d'enfants, des enfants en rang par deux, toutes sortes d'enfants. Ceux de mon école, ceux que je connais, Nathalie, Élisa. Et avec eux il y a toujours Freddie et Joe.

Mary hoche la tête.

— Ce sont des maudits, dit Anna. Ils n'ont pas arrêté le malheur, ils sont de ceux par qui le malheur se perpétue.

Ils sont au milieu d'une zone massacrée, dit encore Anna, et ils ont entraîné leur garçon là-dedans.

Mary dit, Oui.

Tout d'un coup, brutalement, Anna demande à Mary en la regardant dans les yeux :

— Qu'est-ce que tu penses de ce qu'Irène a dit sur Julien ?

Mary sursaute un peu.

— Je n'aime pas Irène, dit Mary.

— Oui, dit Anna, mais qu'est-ce que tu en penses ?

Mary regarde au-delà d'Anna. Après un moment, elle dit :

— Julien aime Nathalie, c'est sûr.

Elle regarde Anna, elle ajoute fermement :

— Ça n'a rien à voir, rien du tout, avec les deux autres, avec cette Freddie et ce Joe.

Anna ne dit rien. Ensuite elle dit avec difficulté :

— Maintenant, en te parlant, j'ai revu Julien avec Nathalie et ça m'a fait penser au regard de Joe.

Ce n'est pas pareil, dit Anna, mais ça m'y a fait penser.

— Écoute, dit Mary. Nathalie, c'est ma fille. Eh bien, il y a des choses que tu racontes de Joe et Freddie que j'ai pu éprouver avec Nathalie. Je t'assure.

— Quoi, demande Anna.

Mary ne dit rien. Ensuite :

— Tu as parlé d'une zone massacrée où on peut l'entraîner, l'enfant. J'ai compris, c'est terrible comment je comprenais ce que tu disais. J'ai senti ça, avec Nathalie, ça m'est arrivé.

Un mouvement, quelque chose d'illimité. Elle s'évanouissait, Nathalie, et moi aussi, il restait seulement cette zone, l'envie forcenée d'y aller, d'aller le plus loin possible avec elle, d'aller trop loin, de trouver un point de non-retour où on serait ensemble toutes les deux. Inséparables. Définitivement.

Anna secoue la tête :

— Si, dit Mary. Et j'ai toujours pensé dans ces moments-là que c'est elle qui m'entraînait, Nathalie. Et alors je lui en veux. En plus de tout, je lui en veux.

— Mais comment, demande Anna. Elle est choquée.

— C'est comme ça, dit Mary. Elle regarde par terre.

Anna secoue encore la tête. Elle doute. Ce n'est pas possible, dit Anna, que Mary éprouve une chose du même ordre que Joe et Freddie.

— Tu dis ça pour me tranquilliser sur Julien.

— Non, dit Mary, Non. Tu ne sais pas ce que c'est, un enfant, dit Mary.

Anna la regarde.

— C'est exactement ce que dit Julien, qu'il ne sait pas ce que c'est, un enfant.

Contrairement à ce qui se passe d'habitude, la ville n'aide pas Anna.

Au lieu d'être portée par elle, Anna subit la ville, la subit comme une existence écrasante et féroce, dépourvue de raison.

Il fait très beau. Anna n'arrive pas à dire, Il fait beau. Quand elle le dit, le beau ciel clair, soutenu et ferme, se fripe et se recroqueville et devient un petit lac intérieur, douloureux.

Devant chez elle un terrain vague en train d'être construit à toute allure. En temps normal, Anna adore. Maintenant elle se sent oppressée par cette construction folle, en zigzag, l'espace change de jour en jour, on ne peut rien suivre, ni reconnaître, rien comprendre ni admirer, seule existe l'énergie de la construction, l'énergie pure et détachée et monstrueusement libre qui triture et façonne l'espace innocent et plat, qui le tire et le transforme en carrés et en rectangles, en lignes droites, en cubes précis.

Anna se promène dans le quartier italien, une de ses rues préférées. Par les fenêtres des restaurants, elle voit les gens en train de manger des spaghetti. Plats fumants de spaghetti, longs et enroulés, collants. Les couleurs, du rouge, du jaune, du vert. Les gens mangent, le visage près de l'assiette.

Une chaise dehors, sur le trottoir, debout sur ses quatre pieds. La chaise est en paille. Son dossier fragile. Anna a envie de pleurer.

Anna cherche les arbres, se promène dans le parc près de l'étang. Petite campagne, buissons et fourrés, des joncs. Entre les brins d'herbe, les bestioles, leur vie coordonnée, minuscule. Des vrais oiseaux, sur l'étang. Pas des moineaux, proches et ronds comme des bébés, pas des pigeons, ces caricatures. Non, des vrais oiseaux. Anna les regarde. Elle les connaît.

Becs fins, ciselés, et ce cou très long. La blancheur des plumes.

Les oiseaux glissent sur l'eau.

Bêtes parfaitement inhumaines, sans oreilles visibles. Elles glissent à l'aise, à l'intérieur du monde humide et clos de l'étang.

Et Anna va et vient, abrutie et tourmentée, reléguée dans un coin d'elle-même, immobile, silencieuse. Sa pensée ne s'organise pas, elle engloutit tout, sans pensée. Une fois au bout d'une rue, elle a vu une fillette qui lui faisait un signe, elle a cru mourir. S'approchant pourtant, elle a trouvé une petite vieille, une grand-mère loqueteuse qui tendait la main en souriant.

— Moi, le pire que j'ai connu dans le même genre, dit Chico à Anna, elle est venue le voir au restaurant du parc où il travaille et elle lui a parlé de Joe et Freddie, Chico a fini sa journée et ils sont assis tous les deux devant une bière, moi le pire que j'ai connu, c'est un type de chez moi, rien que d'y penser j'en ai la chair de poule. Il s'arrête et boit.

Anna ne dit rien, elle regarde devant elle. Elle a envie et elle n'a pas envie que Chico parle.

Il reprend.

— Il avait une fille, un peu plus jeune que moi, à l'époque elle avait six sept ans. La mère venait de mourir et le père a arrêté de travailler.

Chico réfléchit.

En fait il n'avait jamais beaucoup travaillé, c'est la mère qui rapportait la paye quand il y avait du travail. Mais quand la mère est morte il n'a plus rien fait du tout. S'est mis à mendier, à voler des choses de rien, des misères, et à mendier.

La petite, il ne s'en occupait pas, à elle de se débrouiller. Mais ce n'était pas que ça.

Chico s'arrête. Il reprend :

— Je le sais parce qu'au début elle venait me raconter. Tu es ma fille, Chico se met à parler avec une autre voix, une voix plus profonde, plus grasse, avec un accent très prononcé.

Tu es ma fille, tu es mon sang. Tu vas grandir, hein ? Tu vas grandir et tu vas t'occuper de ton vieux père.

— Tous les jours, tout le temps, dit Chico. Au début, répète Chico, au début elle venait me raconter. Elle ne se plaignait pas, non. Mais, comment te dire, elle ne savait pas quoi faire de ce qu'il lui disait. Elle ne savait pas quoi penser. Elle venait, elle me racontait, je la revois exactement, elle essayait de prendre la voix, elle disait les mots, toujours les mêmes, Tu es ma fille, tu es mon sang... Il disparaissait, mendiait un peu, volait un peu et chaque fois qu'il la voyait, il lui disait ça. Et rien d'autre.

Elle n'est plus venue.

Peu à peu elle n'a plus parlé. Je veux dire : elle est devenue muette.

Elle s'est retirée.

Elle a grandi. Mais elle n'a plus parlé. Quand je suis parti, elle n'avait pas dit un mot depuis des années.

Chico s'arrête un long moment. Anna fixe les arbres.

— Je n'ai jamais rencontré un pareil silence, dit Chico. Si massif.

Comme une plante. Chico regarde autour de lui. Un arbre, il montre un grand chêne noueux au bout de l'allée, un arbre de silence qu'elle a laissé pousser en elle. Il se met la main sur l'abdomen, ensuite il écarte les bras et les jambes. Il dit :

— Du tronc aux branches. Un arbre qu'elle a laissé pousser à l'intérieur, monstrueux. Je n'ai jamais rencontré ça, répète Chico. Sauf, Chico se tourne tout d'un coup vers Anna et la regarde, Anna pense, durement, sauf chez les gens qui travaillaient avec mon père, à la plantation.

— Comment ça, demande Anna.

— A la plantation, dans la canne à sucre. Chico parle d'une voix lente et énervée, comme pour expliquer à une personne débile. Du matin au soir. Pour rien. Pour une sardine. Toute la vie.

Le même silence, dit Chico calmement.

Il ajoute :

— Tu ne peux pas savoir. Moi je l'ai fait une année. Après j'ai eu de la chance, un oncle de ma mère m'a fait venir ici.

— Oui, dit Anna, je comprends.

— Non, dit Chico. Tu ne peux pas imaginer.

9

Et Julien est retourné voir Mary et Nathalie. Il s'invite. Il reste là, éteint.

Il se sent engourdi, il ne sait plus rien faire, il ne comprend même plus qu'elle puisse jouer.

Il regarde Nathalie. Il la regarde, il la subit. Gracieuse Nathalie.

Face à face avec Nathalie, Julien.

Est-ce qu'il voit Nathalie ? Peut-être.

Son visage plein, ses yeux brillants. Sans doute Julien les voit. Et ses mains légères, ses genoux ronds. Il est là, en face.

Nathalie joue.

— Arrête Nathalie, reste tranquille, dit Julien.

Nathalie continue.

Elle joue à la poupée, elle saute à la corde, elle organise sa chambre, elle range et elle dessine.

Intensité de Nathalie.

— Ce jeu est idiot, dit Julien, arrête, qu'est-ce que tu fais ?

C'est idiot, dit Julien en haussant les épaules.

Nathalie, ronde et intense, joue.

185

Nathalie donne à manger à Catherine, la poupée que Julien lui a offerte, elle la lave et l'habille, lui raconte des histoires. Cette Catherine énerve Julien plus que tout.

— Tu crois vraiment qu'elle aime la bouillie, Catherine ? Ça m'étonnerait.

Julien se moque. Il se moquerait davantage, mais il se retient.

Julien attire Nathalie, la prend sur ses genoux, lui caresse les cheveux.

Qu'elle ne bouge pas. Qu'elle reste là, avec lui. Bien sûr, Nathalie se dégage en riant et part courir.

Que voudrait Julien ? Rien.

Qu'elle reste tranquille. L'activité de Nathalie est insupportable à Julien.

— Mais enfin, dit Mary trop gentiment, tu vois bien que tu l'ennuies.

— Nathalie m'aime, dit Julien. N'est-ce pas que tu m'aimes, Nathalie ?

Nathalie s'en va en traînant les pieds.

Ce face à face avec Nathalie, en un sens, Julien se l'impose.

Est-ce qu'il en éprouve du plaisir ?

Il ne se pose pas la question.

Le ciel bleu et blanc entre par la fenêtre, frôle le toit et entre, berce la cuisine, enveloppe Julien.

Dans la rue on peut voir un jeune couple qui passe, la jeune femme avec des grands cheveux blonds mange un gâteau dans un papier, l'homme pousse un enfant dans une poussette. Et Julien se découpe sur le fond clair et tiède de la cuisine, un dieu ordinaire, dans sa chemise de couleur, son jean serré. Ses jambes longues, son regard qui durcit. Assis sur la chaise, souffrant.

Il court un risque. Pour la première fois de sa vie, il court un vrai risque. Il le sait, de loin. Il ne sait pas lequel.

C'est un risque qui le concerne lui, lui Julien dans sa solitude, un danger que Nathalie sans doute lui indique mais qui est son affaire à lui, Julien.

Comment Julien a-t-il été amené là ? Voilà, c'est un fait, il l'a été.

Et tout d'un coup Julien voudrait parler à Nathalie, lui dire tout, il se sent gonflé d'une parole totale, essentielle, qu'il porte et qui le façonne en retour au plus profond, oui, dire à Nathalie ce qui balbutie en lui, un mot, un seul, murmuré sans aucune certitude, dans un langage grotesque sûrement, mais qui contiendrait sa vérité à lui, Julien.

Il n'arrive pas, ni même à ouvrir la bouche.

— Tu ne m'écoutes pas, se met à crier Julien, tu ne m'écoutes pas.

Nathalie le regarde, étonnée. Julien n'a rien dit.

Maintenant l'activité de Nathalie, son activité intense, fait plus qu'irriter Julien, elle le blesse.

Avec honte, comme un secret honteux, incrusté en lui, Julien se sent meurtri.

Il se tasse, il se traîne.

Une fois, il a failli pleurer.

Il fait des rêves stupides, lui qui ne rêve jamais.

Un paysage dévasté, des terrains vagues, des maisons en ruine, on dirait le Bronx, mais c'est Brooklyn. Des champs misérables, une mauvaise campagne marron, une ferme avec des animaux pelés, sinistres. Il ne connaît pas, mais c'est Brooklyn. Une école en briques, énorme, sans intérêt, les couloirs accablants, des meubles difformes et c'est encore Brooklyn.

Julien se réveille dégoûté.

Il voudrait ne plus dormir. En même temps, quel sommeil. Il dormirait toute la journée.

Assis à côté de Nathalie qui saute et joue, Julien

s'absente. Il se perd, il aimerait se perdre, et perdre aussi Nathalie. Là où il irait, il trouverait quoi ? Bien plus que Julien, bien plus que Nathalie. Une nuit blanche, nébuleuse, une confusion, mais une proximité, une coïncidence avec les choses, un état large et absolu, et s'étirant sans fin, oui, une mer étale et puissante, s'infiltrant dans tous les coins, dans tous les angles, se déployant, tranquille et mortelle dans un temps sans rythme ni ponctuation, accueillante.

C'est impossible, bien sûr.

Nathalie saute et joue.

— Arrête, Nathalie, tu m'énerves.

Nathalie n'arrête pas.

— Viens au jardin, dit Nathalie, mets ton chapeau, allez, viens dehors.

Et devant cette enfant Nathalie, Julien ne sait plus si vraiment il le souhaite, cet état impossible, ou s'il n'est pas plutôt poussé, acculé, relégué là, par l'activité bruyante et vivante de Nathalie, s'il ne désire pas cet état dans une sorte de défi désespéré mais qui lui colle à la peau, dont il ne peut se défaire, et, cette idée le traverse et le troue, qui est la chose misérable à laquelle finalement tout son être, à lui Julien, se réduit.

Et Julien pense maintenant souvent à un voisin d'enfance, Danny, un garçon blond et doux, déjà presqu'adulte, qui vivait près de chez lui avec sa mère.

Il était toujours assis sur les marches de son porche, devant sa maison, et Julien venait souvent s'asseoir à côté de lui. Danny riait, Julien aussi.

Julien cherchait le regard de Danny. Il trouvait seulement les yeux, grands et trop bleus avec leurs cils de femme.

Danny riait doucement. Il portait un pull en laine

épaisse, par toutes saisons, sans jamais transpirer, des grosses chaussures inusables, une casquette.

Sa maigreur.

Son dos voûté.

Sa bonté, comment en être sûr ? Pourtant, on l'était. Une bonté passive, qui ne visait rien, ni personne.

Devant Danny, les gens devenaient nerveux, s'agitaient, lui offraient des cigarettes. Danny s'était mis à fumer. Julien lui apportait des paquets entiers, qu'il volait.

Julien emmenait Danny en promenade. Ils cheminaient, tous les deux, côte à côte. Julien montrait à Danny les voitures qui passaient, les gens, faisait des commentaires. Danny riait, disponible et bon.

Une fois, Julien avait emmené Danny à la plage. C'était l'été, Julien traînait ses quatorze quinze ans. La mère de Danny avait dit, Pourquoi pas, un peu ironique. Elle avait donné un pique-nique, de l'argent.

Ils avaient pris le car. Julien tenait Danny par la main.

Arrivés à la plage, ils avaient couru, longtemps, se tenant encore par la main. Plage de sable blanc, immense, éclatante.

Peu de monde. C'était un jour de semaine.

Ils s'étaient déshabillés, avaient joué dans le sable. Julien avait construit un château pour Danny.

Danny, assis, riait. Il prenait du sable dans la main, le laissait filtrer, grain par grain, recommençait.

Julien l'avait allongé sur le dos et l'avait recouvert. Les jambes, le ventre, ensuite les bras, le torse. Danny riait, se laissait faire sans bouger.

Finalement, Julien avait enlevé le sable.

Ils étaient entrés dans l'eau. Julien tenait de nouveau Danny par la main. Danny dans un slip trop large qui pendait un peu, sa peau blanche.

Au début Danny avait un peu hésité, l'eau était très

froide, mais après un moment il avait commencé à avancer de lui-même, il entraînait Julien, il n'esquivait pas les vagues, il avançait, il ne s'arrêtait plus.

La mer pleine et forte jetait ses vagues. Grandes vagues de l'Atlantique, hautes et vertes.

Danny avançait dedans. Julien avait eu une peur terrible. Il les avait vus d'un seul coup isolés, autour d'eux seulement la couleur, entourés par le bleu et le vert, immergés dans la pure couleur, élémentaire et ruisselante, féroce.

Il s'était mis à hurler. Danny continuait à avancer.

Enfin, un homme était venu, avait barré le passage à Danny, avait aidé Julien à le ramener.

La mère de Danny n'avait rien dit, aucun commentaire. Julien qui avait pensé devoir raconter l'incident au risque de se faire gronder était resté tout bête. Après, sa terreur, qui était souvent revenue dans des cauchemars, en avait été comme redoublée.

Danny suscitait chez Julien un amour fou, un amour comme on peut en avoir pour les choses sans lien, sans rapport, éparpillées et innocentes et qui tiennent ensemble sous le même ciel, malgré tout, feuilles qui tombent, bouts de ficelle, éclats de lumière et miettes de pain, et les brins d'herbe entre les pavés, ces petites forêts interrompues.

Lui, Danny, était là au milieu de ces bribes, de ces choses sans lien.

Il était là, Danny malgré tout.

Julien éprouvait une émotion comme devant une catastrophe passée, qui a déjà eu lieu, et qui ne pourra plus jamais se reproduire. Pour Danny, sentait confusément Julien, tout était déjà arrivé.

Oui, Julien aimait Danny. Autour de Danny flottait,

c'est certain, une peur, pas la peur de Danny lui-même, mais une peur générale, anonyme, que Julien sentait aussi, sans doute, mais en même temps, voilà, il était submergé par cet amour qu'il n'aurait pas pu nommer, mais que peut-être plus tard, s'il y avait à nouveau pensé, il aurait comparé à l'amour contradictoire que l'on éprouve pour un survivant.

Danny faible et irréductible. Un miracle.

Et Julien venait s'asseoir à côté de lui, lui prenait la main, espérant vaguement devenir cette poussière flottante, victorieuse.

Mais non, c'était impossible.

Julien ne pouvait pas rester là, assis, dans cette victoire terrible.

Ce n'était pas un choix. C'était impossible.

Pourtant, maintenant, quand Julien pense à Danny, et il y pense très souvent, l'image de Danny le révolte, lui qui à l'époque l'aimait tellement, le révolte et le met en rage.

— Ce type-là, dit Julien à Anna, mais il ne faisait rien, toute la journée, assis là sur ses marches, il ne faisait rien, il rêvait, peut-être même pas, il riait, c'est tout.

— Mais comment peux-tu lui en vouloir, dit Anna. Elle regarde Julien.

— Je ne lui en veux pas, crie Julien, tu es stupide ou quoi. Je dis simplement qu'un type pareil il n'existe pas, il vit une vie après-coup.

— Après coup, demande Anna. Elle ne voit pas.

— Oui, après coup, dit Julien. Je ne peux pas t'expliquer mieux.

— En tout cas, dit Anna après un moment, je ne comprends pas pourquoi ça te met en colère.

— Je ne suis pas en colère, hurle Julien. Je ne suis absolument pas en colère.

C'est l'anniversaire de Mary, et Chico décide Mary à faire une grande fête chez elle, beaucoup d'amis, de la musique, une vraie fête.

Mary emmène Nathalie avec elle faire les courses et d'un coup, dans la préparation des gâteaux et des salades, des sandwichs minuscules et des caramels collants, l'enveloppe de tristesse qui accablait Mary tombe. Mary est de nouveau avec Nathalie, elle est là et pas ailleurs, ni dans un rêve épais, oppressant, ni dans un passé nébuleux, elle est toute à la joie de Nathalie, la suivant et l'accompagnant, vivant la vie de Nathalie redevenue momentanément et sans effort la sienne, découvertes et apprentissages, lui indiquant les rues de la ville et les variations du ciel, l'intéressant et l'écoutant, discutant sans arrêt, dans un va-et-vient continu et gai, un échange.

— Nathalie, dit Mary, tu rends la vie élastique.

Nathalie rigole. Elle veut une robe rose, des chaussures roses et un serre-tête rose pour la fête. Mary négocie.

— Et, continue Nathalie, on fera un gâteau rose, des caramels roses, du lait rose, de la salade rose, espère Nathalie. Je pourrai la peindre.

— Non, dit Mary, elle fait la grimace. C'est ennuyeux, tout pareil.

— Moi j'aime, dit Nathalie en tournant sur elle-même. Le rose.

C'est un samedi soir, la nuit arrive lentement, nuit de ville électrique et douce. Fenêtres ouvertes, l'air tendu et léger, le parfum des bouquets offerts.

Beaucoup de monde. Chico a amené ses amis, Nathalie a fait aussi ses invitations.

Julien n'avait pas envie de venir, Anna l'a traîné. Il s'est détendu, a bu beaucoup.

La patronne de Mary est venue. Vieille dame droite et maquillée, jupe longue et talons plats avec une grande natte à reflets bruns enroulée dans le cou, des boucles d'oreilles en verre et des bracelets aux poignets.

Chico l'a adorée, il la fait danser sans arrêt.

— Sans vieux, a déclaré Chico, ce n'est pas une vraie fête.

La patronne a souri. Bien sûr, elle connaît toutes les danses à la perfection, elle danse mieux que tout le monde.

Les amis de Chico ont amené leurs guitares et ils ont fait des intermèdes, des solos, ils ont chanté des choses langoureuses et appuyées, et ils ont improvisé des farandoles pour les enfants.

Les musiques se sont mélangées, et les boissons. Gaieté des mélanges. Le salé et le sucré.

La nuit a continué à entrer dans les pièces, cette nuit de ville large et tiède et pleine de rumeurs mécaniques, cassées, elle a continué à s'étaler, à recouvrir les meubles et les plantes, les petits groupes, à les recouvrir doucement, tranquille et sans inquiétude, laissant à la lumière sa part, flottant, sereine, entre les lampes, recouvrant et flottant, et elle a suscité, cette nuit, un appel, comme une ouverture immense et impossible, un désir inassouvi et nécessaire pour le dehors, pour la ville, la ville quadrillée et raide et bordée de ses deux fleuves, et toujours en mouvement, pour la ville entière, cette origine.

Quelques passants, des voisins de quartier ont levé la tête, ont crié, ont été invités.

Circulation plaisante, la maison, la rue.

On a parlé beaucoup des boissons, on a comparé, on a bu.

On s'est laissé aller au plaisir infini du détail difficile mais finalement repérable. Valeur des marques, subtilité des recettes.

On s'est reposé avec les questions indécidables, les goûts, les opinions.

D'autres, non, réfractaires. Discussions logiques, par petits paquets, démonstrations.

Quelques-uns s'embrassent dans les coins mais dans l'ensemble on fait attention. Les enfants sont partout.

Une fille en mini-jupe à franges tourne autour de Julien. Elle a des seins hauts et pointus et une taille très fine. Julien, lui, est magnifique avec la peau éclatante, pleine d'alcool. La fille invite Julien à danser, il dit non, qu'il a trop bu, mais il lui pince la taille, admiratif.

Anna les a vus. Elle prend Julien par le bras, l'emmène dans la cuisine. Elle ne dit rien mais elle louche un peu.

— O.K., dit Julien, O.K. Je m'en fous.

Quelqu'un a décidé de raconter une histoire aux enfants. On les a tous assis en rond, le conteur est au milieu, c'est un des amis de Chico, il a un accent très drôle, il imite bien les animaux, tous les cris. L'histoire est héroïque, avec des moments tristes, mais elle se termine par un mariage. Les enfants écoutent, bienheureux.

Quelques adultes ont écouté aussi.

Quand l'histoire est finie, le conteur et les adultes qui sont autour de lui font une grande ronde avec les enfants, ils tournent de plus en plus vite. Vertige, vertige.

Un vieil ami de Mary arrive, Georges, il est en retard, il vient de loin. Il reconnaît à peine Nathalie, il ne l'a pas vue depuis longtemps.

— Nathalie, dit Georges, Oh là, Nathalie. Nathalie lui sourit.

— Eh bien, dit Georges. Ça alors. Il reste les bras ballants.

Nathalie le tire par la manche, elle lui dit :

— Tu viens, on fait une ronde.

Georges entre dans la ronde, commence à tourner, fait quelques tours et s'arrête. Il dit :

— Ça m'ennuie, les rondes.

Il attrape Nathalie, la lance en l'air. Nathalie rit.

Georges la lance encore, la rattrape, la lance.

— Arrête, dit Mary, tu vas l'exciter.

— Continue, dit Nathalie, encore, encore.

Georges continue, maintenant lui aussi rit sans arrêt, il pose Nathalie sur un canapé, la chatouille des pieds aux aisselles et des aisselles aux pieds, il l'embrasse et la chatouille, Nathalie hoquette de rire, elle est une petite masse secouée de partout, rouge et sanglotante, elle rit. Georges rit aussi sans arrêt et il ne dit rien, de temps en temps seulement Eh bien, ça alors, Nathalie.

Tous les deux forment un tas qui s'agite dans tous les sens, cris stridents de Nathalie, mots bas, hachés, qui ponctuent seulement la répétition, de Georges.

Peu à peu les gens sont venus autour, ont ri et applaudi, Georges a recommencé à jeter Nathalie en l'air.

Rattrapages, chatouilles. Nathalie rit toujours. Ça dure. Une gêne, à la fin. Bon, allez, ça suffit. Une gêne.

Julien était dans la cuisine. Il arrive, il regarde. Il pose son verre, il attrape Georges, le sépare de Nathalie, il l'enlace par derrière. Ensuite, avec effort, il le prend dans ses bras et le jette violemment sur le canapé.

Il dit :

— Ça t'amuse ?

Il s'assoit sur ses jambes, il lui tient les bras derrière la tête et de l'autre il se met à le chatouiller. Il chatouille très fort, le cou, les aisselles, le ventre.

Georges ne rit pas, Julien non plus.

A la fin Georges se dégage et repousse Julien.

— Quel con, quel con, dit Georges.

— C'est c'lui qui l'dit qui l'est, dit Julien tranquillement et en imitant une voix d'enfant persifleuse. Il cherche du regard Nathalie. Nathalie lui sourit.

La gêne persiste un moment, collée dans l'air, comme l'agacerie d'un mot connu et impossible à retrouver ou une plaisanterie qu'on raconte en ratant le mot de la fin. Après, elle s'évapore, la fête reprend, et Chico danse avec Mary un tango sublime, strict et ondulé, parfaitement sensuel.

Pendant cette période où il se sent si désemparé, Julien a découvert un moyen de trouver un certain calme, c'est de monter sur le toit de son immeuble.

Il n'arrive plus à aller au Pont de Brooklyn depuis qu'il y a emmené Nathalie. Il sent un malaise, une proximité avec quelque chose de pénible et qui doit rester ignoré. Mais du haut de ses toits, il peut le voir, au loin, brillant le jour dans ses câbles d'acier, illuminé la nuit, traversant le fleuve, posant sa grande étendue plate des deux côtés des rives, Manhattan et Brooklyn, joignant deux morceaux de sa vie à lui, Julien, les joignant et indiquant peut-être par là-même leur séparation.

Julien grimpe l'escalier en fer qui passe derrière la cuisine et trouve à sa disposition cette immense terrasse où il est toujours seul, aucun voisin n'y vient, cette terrasse improvisée et précaire, que personne n'a aménagée et qui est comme un terrain vague qui lui appartient ou mieux encore son terrain de jeu à lui, personnel. Grand toit plat avec des bosses, des canalisations, rebords et parapets et ces escaliers en fer.

Julien s'assoit et regarde.

Ce dont il ne se lasse pas : les volumes, le remuement incessant de tous les volumes de la ville. Chaque volume a une couleur précise, particulière, unique, liée au volume lui-même, à sa forme vivante.

Et le mouvement. Comment tout bouge sans arrêt, les lumières, leurs courbes et leurs zigzags, lignes et taches, interruptions.

Du toit on voit l'air se déplacer, les fumées, les traînées de ciel.

La ville, découpée et pleine, pure énergie. Où va-t-elle ? Peu importe, pour Julien. Ce qui compte, c'est ce désir furieux d'aller.

Panneaux publicitaires, grossiers, envahissants. Sans détour possible, voilà une voiture, voilà une pomme. Voilà des fesses et des produits détergents.

Et Julien apprécie ces affirmations nettes et crues.

La ville ne dort jamais. La nuit, encore plus belle, elle offre ses rondeurs nues, ses volumes qui se fondent, qui se montrent et se cachent, qui deviennent presqu'indistincts. Alors Julien l'adore, il reste là, buvant ses bières, se laissant bercer par cette vaste et forte créature qui le tient éveillé, lui caressant les yeux et la peau, qui l'empêche doucement de sombrer dans le sommeil.

Julien marche sur le toit de long en large, il saute un peu, il marche, il s'étire, il peut rire tout seul.

Même les fumées l'attirent, les plus sales, les plus vertes, qui sortent des usines construites le long des rives. L'activité. A tout prix, l'activité.

Les fleuves transporteurs et le va-et-vient de l'eau. Il voit jusqu'à l'océan, croit-il, au-delà de la baie.

De là-haut Julien, bien sûr, se voit dominant la ville et il rit tout seul encore, et sans ironie. Une domination spatiale, se dit Julien, purement par la position dans l'espace, et ça me suffit.

Il repense à son copain d'affaires, le discuteur, et le méprise davantage. Ne pas se contenter de ça, de cette hauteur de vue, en somme, de ce plaisir physique.

— Lui, il revendique, il justifie. Il se rassure. Je

l'emmerde et je les emmerde tous. Moi, je n'ai pas besoin de ça.

Pourtant la phrase de Chico sur les ennemis et le malheur d'en manquer lui revient quelquefois. Il hausse les épaules. Que faire ? Lui ne sent rien de tel.

Chico est passé le voir, un soir et Julien a eu envie pour une fois de partager son territoire secret avec quelqu'un. Malgré ses moqueries, Julien aime bien Chico.

Ils sont montés ensemble, avec des bières et des chaises. Chico est ébloui.

Il s'exclame :

— Tout ça, c'est à toi, dis donc !

Ils restent un long moment en silence, buvant, se tournant d'un côté, de l'autre, s'indiquant d'un geste telle ou telle direction. Julien se sent heureux comme il ne l'a pas été depuis longtemps. Comme si, à travers la ville, Chico saisissait quelque chose de lui, Julien, que Julien ne se connaissait pas lui-même, mais qui était là, essentiel, exigeant d'être reconnu.

Après trois bières Chico fait un grand discours.

— Je n'ai jamais rien vu de pareil, dit Chico, sauf la mer. L'océan est comme ça, chez moi, dit Chico. Chez moi il y a des grandes plages de sable, on ne voit pas le bout, parfois des dunes, parfois des arbres, et les vagues sont immenses, on peut rester des heures, assis à les regarder grandir, grandir, monter, quand elles montent on dirait qu'elles ne sont même plus liquides, et puis elles se courbent, retombent, elles redeviennent fluides, elles partent en éclats minuscules, elles craquent, elles se défont. Et on se sent toujours, toujours, comme un enfant.

Au bout d'un moment on se dit, c'est le monde, le monde entier est là, on ne peut plus partir, on a tout, là, devant soi, autour de soi, le bruit, le mouvement, la lumière, l'ombre qui vient, toutes les couleurs, elles sont toutes contenues dans le bleu, il y a mille millions de bleus.

Et on est là, on ne bouge pas, on ne fait rien, et en même temps on est porté, emmené, soulevé, on est pénétré par cette énergie et on sait qu'on est capable de faire n'importe quoi.

Chico s'arrête et recommence à regarder.

— C'est incroyable, cette ville, dit Chico. Il frappe dans ses mains. New York, New York. Il chantonne l'air.

L'air chantonné fait une impression désagréable sur Julien, il lui rappelle la scène où Nathalie dansait les claquettes. Il se met à décrire à Chico les gratte-ciel, tous différents, il montre les avenues, le quadrillage.

— Oui, elle est si belle, cette ville, si active, dit Julien, si pleine d'énergie.

En fait au fur et à mesure qu'il la décrit à Chico il se sent triste, dépossédé de quelque chose.

— Les mots, ce n'est pas ça, dit Julien. Ça ne rend rien. Il faut regarder, c'est tout.

Ils regardent tous les deux de nouveau, en silence. Chico toujours fasciné. De temps en temps il pousse un petit sifflement, il sourit de joie.

Julien, de plus en plus triste. La ville devient plate, sans aucune vie, toute plate. Plus de volumes. On dirait un plan, une carte géographique. Il ne voit plus le grand corps qui respire, les réseaux mouvants.

— Écoute, dit Julien à Chico, et il lui prend l'épaule, écoute, moi des fois j'ai l'impression d'être seul au monde avec Nathalie.

Chico se tourne vers Julien, et dit, Quoi ?

— Oui, dit Julien. Seul au monde avec Nathalie. Il n'y a que nous deux, l'un en face de l'autre. Rien autour, le vide. Il s'arrête. Il a gardé la main sur l'épaule de Chico.

— Je n'ai pas envie de ça, tu comprends. Ce n'est pas que j'en ai envie. C'est une impression.

Il ajoute après un moment :

— C'est affreux.

Chico, qui était debout à côté de Julien, s'assoit. Il dit :

— Je ne comprends pas.

Julien ne dit rien.

Chico secoue la tête, on a l'impression que c'est aussi pour se dessaouler.

Après, il regarde Julien et il dit :

— Mais Nathalie est une enfant.

Julien continue à rester en silence. Il se met ensuite à parler très doucement, en articulant, il a rapproché son visage de Chico mais il ne le regarde pas, il regarde la ville, derrière :

— Pour moi ça ne veut rien dire. Rien dire du tout.

Il regarde maintenant Chico, dans les yeux, Chico a l'impression d'avoir les yeux vissés par les yeux de Julien :

— J'ai toujours pensé que ces histoires d'enfants, ce sont les adultes qui les inventent parce que ça les arrange. Il répète :

— Pour moi ça ne veut rien dire.

Chico a baissé la tête, il regarde par terre. Il reste comme ça un long moment, la tête baissée, ensuite il la pose sur ses genoux, les bras dessus. Quand il se redresse il dit :

— Tu lui veux quoi, à Nathalie ? Qu'est-ce que tu veux avec elle ?

Julien jette la tête en arrière, regarde le ciel, la nuit. Il dit :

— Rien.

Après il dit :

— Tout.

Bien sûr le calme de Julien rend Chico enragé.

— Mais elle est trop petite, crie Chico, tu ne te rends pas compte, elle est trop petite, tu n'as pas le droit de lui faire supporter ça, elle est trop petite, elle ne peut pas.

— C'est toi qui le dis, dit Julien. Maintenant il est loin, très loin, il regarde la scène de l'extérieur, il s'ennuie.

Il ajoute :

— D'ailleurs elle m'aime.

— Ce n'est pas la question, crie Chico.

— Quelle est la question, dit Julien. Il a commencé à ramasser les bouteilles et les chaises, il se dirige vers l'escalier.

Chico se précipite derrière lui, l'attrape par le col et lui donne un coup de poing, violent, dans le dos.

Julien se dégage et subitement déchaînés tous les deux se bourrent de coups, se frappent et se pilonnent, se claquent. Coups de genoux, coups de pieds.

La bagarre dure quelques secondes. Chico s'arrête le premier et dit :

— Tu me rends fou.

Il descend l'escalier en fer sans se retourner.

Chico ne dort pas de la nuit, il marche dans la ville. Le matin il va travailler, et il fait tout d'une façon mécanique, absente. Il est abattu par la scène avec Julien, il ne veut en parler à personne, pas même à Mary. Il se sent dépassé, impuissant, presque humilié. Il voudrait prendre ce que Julien a dit comme une provocation, mais il a très bien compris que Julien était sérieux.

— Mais sérieux comment, se torture Chico, qu'est-ce que c'est que cette histoire ?

D'autres fois il se voit devant un paquet de dynamite, il ne sait pas comment le désamorcer, quel geste serait le bon et quel autre fatal.

Après son travail Chico traîne, indécis.

Il prend le chemin de chez Mary et se trouve rapidement devant un terrain de jeu près de chez elle. Il s'arrête un moment et regarde.

C'est un terrain de jeu classique comme il y en a partout dans la ville, un grand parterre de béton entouré de grillages, à une extrémité un panier de basket-ball, à un autre bout un tas de sable, des bancs. Quelques enfants accrochés au grillage, d'autres assis par terre.

Chico regarde. Il pense à son pays. Il n'y a pas de terrain de jeu aménagé, chez lui, mais des terrains vagues que les enfants s'approprient. Pourtant, pense Chico, c'est pareil. Quelque chose est pareil. L'utilisation du rien. Ici, le béton, le trottoir, l'espace nu de la ville. Là-bas, la terre molle et poussiéreuse, une carcasse de camion, ses pneus.

Des enfants se sont mis à jouer au basket, et Chico a subitement envie de jouer avec eux. Il entre dans le terrain, leur demande, se mêle.

Ils jouent plusieurs parties. Chico joue très sérieusement. Il leur a dit qu'il préférait le foot, mais il s'applique.

Il joue et il joue.

Au début avec plaisir. Éprouver les muscles, la détente.

Peu à peu, une anxiété. Une trop grande détermination, et une anxiété.

Il ne trouve rien, sur le terrain, en jouant. Il trouve des enfants, et le jeu.

Il arrête et il est tellement fatigué de sa nuit, de sa journée, qu'il se met dans un coin sur un banc et qu'il s'endort.

Il fait un rêve rapide et désagréable.

En dormant il voit Julien dans le terrain de jeu, mais il ne le voit pas jouer, il le voit courir, sans élasticité, avec acharnement, courir avec violence, d'un bout à l'autre du terrain, et pour Julien, Chico le voit, le terrain est seulement un espace grillagé et nu, aucune signification, du béton et du fil de fer, un enclos posé au milieu de la ville, c'est tout et rien d'autre, et Julien court dedans, raide et enfermé.

Chico se réveille très malheureux. Il se lève, fourbu, et quitte l'endroit.

Dans ces circonstances qui Chico rencontre-t-il en se dirigeant chez Mary ? Irène.

Ils se saluent et font un morceau de chemin ensemble.

Chico regarde Irène du coin de l'œil. Cette belle Irène.

Elle avance, sûre et satisfaite, portant ses seins et les présentant, et sa taille, et ses hanches. Chico imagine mettre la main, il aurait à la fois le plaisir du toucher élastique et l'amusement du scénario bien réglé, Irène ferait oh, oh, Chico continuerait à palper, Irène lui donnerait une tape et se redresserait dans son éternelle victoire, forte de sa déclaration de guerre sous-entendue et complètement unilatérale, et Chico lui dirait, Tu gagnes toujours, hein, et rigolerait, et alors peut-être Irène serait fâchée.

— Que devient ton ami Julien, demande Irène. Chico se rend compte qu'il attendait la question.

— Il va bien, dit Chico.

— Il continue à voir la fille de Mary, demande Irène. Le ton de sa voix n'indique aucune interrogation.

— Évidemment, dit Chico.

— Moi je l'ai observé au jardin, ou quand il la sort après l'école, dit Irène. Moi je l'ai observé.

Et j'ai bien vu...

— Quoi, coupe Chico brutalement.

Irène sourit.

— Ce que n'importe qui peut voir. Ce type est bizarre. Méfiez-vous, Irène continue à sourire, méfiez-vous. Je vous assure, dit Irène, en lissant un pli de sa robe.

— Mais il ne fait rien de mal, dit Chico avec fureur. Il ne fait absolument rien de mal. Et, ajoute Chico en regardant Irène, toi tu parles comme un flic dans un mauvais feuilleton.

Irène hausse les épaules. Bien sûr, rien ne l'atteint.

— Écoute, dit Irène, est-ce que tu crois vraiment que pour ton ami Julien Nathalie est une enfant ?

Chico reste interdit. Après il dit bêtement :

— C'est quoi, une enfant ?

Irène hausse encore les épaules. Ils marchent côte à côte un moment en silence.

Ensuite elle prend un ton très grave, et elle dit :

— Il faut que les enfants puissent être des enfants.

Encore un silence.

— D'ailleurs, continue Irène, elle devient plus vivante, sa voix change, tu le sais bien, toi, regarde dans ton pays, avec la misère, la délinquance, on voit des reportages sur ça tous les jours, il y en avait encore un hier soir, eh bien, ce ne sont plus des enfants, c'est terrible, on ne leur laisse pas le droit d'avoir une enfance, c'est la catastrophe.

Oui, répète Irène, elle a repris son ton d'Irène, c'est la catastrophe.

Chico reste en silence. Il pourrait être touché, mais rien à faire, il déteste Irène.

Il dit :

— Tu ne sais pas de quoi tu parles. Ça n'a aucun rapport, ce que tu racontes. Salut.

Quand Chico arrive chez Mary, Julien est déjà là. Chico lui fait un signe, Bonjour, de la tête. Il prend Mary dans ses bras, il embrasse ses cheveux, son cou, il lui dit, Je t'aime tellement, tous les jours, je t'aime plus, ça devient sérieux. Nathalie rit.

Chico continue de serrer Mary, il en a besoin, son

parfum, sa peau, il resterait bien enfoui dans ses bras jusqu'au matin.

Julien dit :

— Je vais emmener Nathalie manger une pizza.

Chico arrête d'embrasser Mary et dit :

— Non. Absolument pas.

Il ajoute :

— Vous restez là. Je vais faire un gâteau avec Mary, j'ai envie, et on va le manger tous ensemble.

Il ajoute encore :

— Collés. Tous ensemble.

— Oui, crie Nathalie.

Chico et Mary s'installent dans la cuisine, Nathalie emmène Julien dans sa chambre.

Julien traîne les pieds.

— Tu n'es pas content, demande Nathalie.

— Moi, dit Julien. Si.

— A quoi on joue, demande Nathalie.

— Je ne sais pas, dit Julien.

— Tu sais jamais, remarque Nathalie.

— Tu veux jouer aux cartes, dit Julien.

— Oh oui, dit Nathalie en frappant les mains.

— Tu es chiante, dit Julien.

Il a une voix parfaitement calme, posée. Nathalie qui était en train de chercher les cartes dans un tiroir se retourne.

— Pourquoi tu dis ça, demande Nathalie.

— Tu veux toujours quelque chose, dit Julien.

— Mais c'est toi qui as dit de jouer aux cartes, dit Nathalie.

— Tu veux toujours quelque chose et tu es chiante, dit Julien.

— C'est pas bien de dire à quelqu'un qu'il est chiant, dit Nathalie. Elle est blessée.

— Mais tu es chiante, c'est comme ça, dit Julien. Il regarde par la fenêtre.

Nathalie a les larmes aux yeux.

— Je ne suis pas chiante.

— Si, dit Julien. Je t'assure.

— Non, dit Nathalie. Tu es méchant, dit Nathalie. Un silence.

— C'est toi qui as dit de jouer aux cartes, dit Nathalie.

— C'est toi qui veux toujours quelque chose, dit Julien. Bon, allez, on joue.

Nathalie s'assoit sur le lit, Julien s'assoit en face, Nathalie distribue les cartes pour une bataille. Ils jouent.

Ils jouent deux parties. Nathalie boude franchement au début, après elle s'amuse. Julien, morne.

A l'intérieur de Julien, un poids s'alourdit, une masse lourde et pesante qui occupe de plus en plus de place, qui repousse les côtes, qui tire la peau, qui cherche la sortie, qui gonfle, qui gonfle.

— Nathalie, dit Julien en montrant la fenêtre, va fermer la porte.

Nathalie rit. Elle se lève en sautant du lit et se dirige vers la fenêtre.

— Tu veux dire la fenêtre, dit Nathalie.

— C'est la porte, dit Julien en souriant gentiment. Nathalie rit encore.

— Non, c'est la fenêtre.

— Fais pas l'idiote, dit Julien sans sourire, et dépêche-toi de fermer cette porte.

Nathalie le regarde.

— Pourquoi tu dis que c'est la porte quand c'est la fenêtre, dit Nathalie.

— Parce que c'est la porte, dit Julien.

Il regarde Nathalie droit dans les yeux.

— C'est la fenêtre, dit Nathalie en lui tirant la langue.

206

Elle va la fermer. Elle dit :

— Je n'ai plus envie de jouer aux cartes. Je vais dessiner.

Elle se met à sa table, sort ses crayons et commence un dessin.

Julien reste sur le lit, il allonge ses jambes, il regarde par la fenêtre. Il ne pense à rien, il sent seulement la masse intérieure lourde et pesante qui gonfle, qui gonfle.

Nathalie s'absorbe dans son dessin, elle se concentre, on peut entendre sa respiration, son effort.

Le dessin prend un bon moment. Nathalie utilise toutes les couleurs de sa trousse, elle détaille, elle perfectionne.

Quand elle a fini, elle se tourne vers Julien, triomphante.

— Regarde, dit Nathalie. Tu le trouves beau ?

— Magnifique, dit Julien. Tu as dessiné un bateau magnifique.

— C'est pas un bateau, dit Nathalie, c'est une maison avec un arbre, et une petite fille à côté. Et là, il y a le soleil. Jaune, dit Nathalie.

Julien se redresse sur le lit, il s'assoit, il prend le dessin dans ses mains et il le regarde longtemps. Ensuite il dit :

— C'est un bateau.

— Mais non, dit Nathalie. Regarde.

— Je regarde, dit Julien. C'est un bateau.

— Pourquoi tu dis ça, dit Nathalie.

— Parce que c'est un bateau, dit Julien.

— C'est pas un bateau, dit Nathalie, sa voix tremble, c'est une maison avec un arbre et une petite fille.

— C'est un bateau, dit Julien en lui rendant le dessin.

— Tu recommences, dit Nathalie. Sa voix est devenue toute petite. Elle ajoute :

— Tu fais exprès.

C'est une maison, dit Nathalie. Elle déchire son dessin.

Julien la regarde en silence. Le silence dure, Julien le sent durer.

Le silence du dehors et la masse lourde, et silencieuse aussi, qui gonflait à l'intérieur du corps de Julien se rejoignent.

Il n'y a plus de Julien.

— Tu es stupide, dit Julien. Tu es vraiment stupide. Tu ne vois pas que c'est pour jouer ? C'est un jeu, dit Julien.

Nathalie, grise. Une petite vieille.

— Et puis je m'en vais, dit Julien. Je n'ai pas envie de votre gâteau.

10

Julien part en claquant la porte sans rien dire, il descend l'escalier tordu quatre à quatre, il court, il court, jusqu'à ne plus pouvoir courir, jusqu'à ne plus pouvoir respirer, jusqu'à avoir mal. Il marche, il se force encore, il marche.

Chez lui il se jette sur le lit, il halète, il voudrait pleurer. Il n'arrive pas, rien ne sort, aucune larme.

Julien, pure douleur.

Une douleur sans limites. Il la sent exactement, cette douleur qu'il aurait continué, continué sans fin à infliger à Nathalie. Rien ne l'aurait arrêté. Et lui, Julien, noyé dans cette douleur.

Devant lui le visage de Nathalie, ses yeux qui s'écartent sans comprendre. Le visage reste, Julien l'oblige à rester.

— C'est pas possible, se dit Julien à voix haute.

— C'est pas possible, répète Julien.

Il marche de long en large dans la pièce, il voudrait parler, penser, se dire des choses, non, il n'arrive pas.

Il s'arrête devant la glace et se regarde.

— Toi, dit Julien, en pointant son index vers son image, toi.

Il se rapproche du miroir, lentement, très lentement, et dans son propre regard écarquillé, douloureux, il voit les yeux de Nathalie, immenses, abêtis de douleur, et plus loin encore, au fond des yeux de Nathalie, autre chose, une ombre qui passe, qui passe et qui lui appartient, à lui, Julien.

Julien s'écrase pratiquement le nez sur la glace, bien sûr l'ombre a disparu.

Reste une intuition vague, mais qui s'évanouit comme la fumée de la cigarette que Julien allume brusquement, une intuition vague et déplaisante que sans cette ombre lointaine, recouverte, il n'existe qu'un Julien tronqué, un morceau lisse et dur et si beau de Julien.

— Quel con, dit Julien. Quel con.

Il recommence à marcher de long en large.

— Elle ne pouvait pas savoir que c'était pour jouer, dit Julien, et à l'instant même sa mauvaise foi le dégoûte.

— Ce n'était pas pour jouer, hurle Julien. Pas une seconde.

— Et je voulais une seule chose, dit Julien, sa voix est plate, je voulais une seule chose, la voir là devant moi, un reproche vivant.

— Oui, je voulais la voir devant moi. Julien recommence à crier. Avec ses grands yeux stupides d'enfant.

Il s'arrête, saisi.

Ensuite, il murmure, et ce qu'il dit se répète en écho dans sa tête comme une explosion tranquille :

— Voir ça et mourir.

Il se jette sur le lit, et ainsi est fait Julien, il s'endort.

Le matin au réveil, désespéré. Il boit trois whiskies coup sur coup, il téléphone à Anna à son travail et lui demande s'il peut passer la prendre quand elle sort et l'emmener en week-end à la campagne, en forêt. Anna, ravie.

Julien emprunte une voiture à un copain, la bourre de couvertures, de bouteilles et de cassettes et lui et Anna partent directement de l'école d'Anna.

Dans la journée Julien a continué à boire considérablement. Il n'est pas ivre, mais en quelque sorte anesthésié.

Ils roulent deux heures, parlant peu, écoutant des musiques diverses. Grandes routes ordinaires, reposantes.

On arrive au paysage vallonné, aux routes plus étroites, aux indications de forêts.

Le temps est splendide. Ils ont projeté de dormir dehors.

On commence à voir les arbres.

Dès qu'ils tournent et prennent une route isolée à l'entrée d'un bois Anna se met à caresser Julien.

Julien conduit les yeux sur la route.

Anna lui caresse la tête, elle ouvre la chemise, elle caresse la nuque et la poitrine, le dos. Elle se rapproche et touche les cuisses, les genoux. Elle caresse le ventre. Elle laisse la main sur le sexe.

Julien demande, Encore.

Il se sent calme d'un seul coup.

Anna met la tête sur l'épaule de Julien. Autour, les arbres si hauts, leur feuillage dense. La voiture roule doucement, l'air passe par les fenêtres, la main d'Anna et l'air enveloppent Julien, l'enveloppent, le caressent, Julien se penche vers Anna et lui prend la bouche, il l'embrasse, il lui dit, Je t'aime, Anna descend la fermeture éclair du jean de Julien, elle remonte son T-shirt à elle, Julien voit la ligne rose du T-shirt trancher sur les volumes blancs et ronds des seins d'Anna, Anna roule ses seins sur Julien, seins et sexe se cajolent, Julien et Anna calmes et excités, attentifs au plaisir vivant et précis et impersonnel qui joue avec leurs corps.

Julien arrête la voiture, il boit un grand coup, il se sent bien. Lui et Anna cherchent un endroit pour s'allonger, ils étendent une couverture par terre, ils s'enlacent.

Ils font l'amour longtemps au milieu des arbres.

Julien demande et demande. Il veut être caressé partout. Être caressé, que son corps entier durcisse, sentir son corps entier se durcir, se tendre, sentir le sang battre, sentir le rythme du sang qui bat.

Après, Anna s'enveloppe avec lui sous une couverture et ils sombrent un moment.

Le jour descend, la lumière change.

La forêt devient plus présente.

En ouvrant les yeux Julien frissonne.

Il serre Anna sous la couverture et il dit :

— J'ai peur.

Anna rit et dit, De quoi.

Julien rit aussi et dit d'une voix caverneuse :

— La mort rôde.

Anna sort la tête de la couverture, elle regarde à droite, elle regarde à gauche, et elle demande :

— Où ?

Julien sort aussi la tête de la couverture, il regarde Anna, il se met la main à plat sur la poitrine et dit :

— Ici.

— Ah bon, dit Anna. Elle retourne sous la couverture.

— J'aime la mort, dit Anna.

Elle a envie d'entendre Julien gémir.

Julien se laisse faire, le temps s'étire et d'un coup se casse, et Anna tombe elle aussi, elle se perd dans le cri si vieux et si enfantin de Julien.

Après ils mangent un peu et Anna veut marcher. Les arbres l'enchantent. Les feuilles, les reflets de lumière.

Être dans la forêt, entourée. Éclats et bruissements, touffes et raideurs. Les mousses diverses, leur consistance incertaine, leur fausse fragilité. Les troncs, les gros et les minces et ces lianes si élégantes qui font signe, immobiles.

Aucune harmonie.

Mais toutes les vies, les deviner. Espérer le faire. Et avancer sans cesse dans ce grand volume creux, cette matière de bruits.

Les feuilles découpées laissent passer le ciel oblique, son bleu fondu et frais qui annonce la nuit.

Anna saute partout, voudrait grimper, cueille un bouquet de rien, le jette.

Elle va, répétant, Regarde la forêt, Regarde comme elle est vivante.

Julien le trouve aussi mais n'en éprouve pas la même joie.

Il se sent oppressé.

Ce grand corps mystérieux qui se développe tout seul, depuis toujours peut-être, qui pousse et qui grandit, à son propre rythme, sans frein, avec ses morceaux hétéroclites qui vont dans tous les sens, ses troncs et ses mousses, ses herbes et ses cailloux, ce mélange informe et ancien et puissant, cette forêt trop vivante étouffe Julien, le menace. Il se souvient des histoires d'enfants qui se perdent, toujours, eux, dans les bois.

Il commence à raconter Hansel et Gretel à Anna et s'arrête en disant :

— Mon livre à moi avait des illustrations tellement laides, non, pas laides, fausses. Il n'y a pas d'image d'enfant possible.

Comme Anna le regarde, il ajoute :

— Enfin, moi, je n'en ai jamais vu de supportables.

Et, bien sûr, d'un seul coup lui tombe dessus la journée d'hier avec Nathalie.

Il devient blanc.

Anna demande :

— Qu'est-ce qu'il y a ?

Un autre que Julien aurait, peut-être, cherché des explications, se serait peut-être plaint, se serait accusé, et plaint.

Julien, non. Pourquoi ? Rien de cela ne lui vient, voilà. Rien du tout.

Il dit :

— Hier j'ai voulu rendre Nathalie folle, la faire souffrir, lui faire le plus de mal possible.

Il s'arrête. Après il dit :

— Je suis un homme mort.

Maintenant c'est Anna qui est blanche, pétrifiée. Elle murmure :

— Qu'est-ce que tu dis ?

Julien ne la regarde pas.

Il répète :

— Je suis un type mort.

Un silence.

Anna se met à hurler :

— Et avec moi, tu es mort ? Tu es mort quand tu es avec moi ? Menteur, ose le dire, menteur.

Julien ne dit rien. Il se sent complètement vide.

Anna se précipite sur Julien, elle le bat, lui donne des coups, elle sanglote.

— Tu as voulu la tuer, salaud, je savais que tu l'aimais, salaud.

Julien se défend mollement. Il dit seulement :

— Non. Non et non. Je ne voulais pas la tuer.

Anna se jette sur lui, l'enlace, l'étouffe et l'étouffe, l'embrasse. Julien l'embrasse aussi.

Ils reprennent la voiture et rentrent sans échanger un mot.

216

Arrivés devant la maison d'Anna, Julien arrête la voiture. Anna ne sort pas. Elle se tourne vers Julien et demande :

— Mais tu as fait quoi, au juste ?

Julien lui raconte. Il lui raconte seulement ce qu'il peut raconter, le détail exact de ce qui s'est passé avec Nathalie.

— Écoute, dit Anna, elle le regarde, Julien ne la regarde pas, écoute, ce n'est pas si grave. Tu as fait l'enfant, c'est tout.

Julien secoue la tête.

Après il dit :

— Je préfère être seul.

Anna sort violemment de la voiture et Julien rentre chez lui. Après coup la phrase d'Anna lui revient, l'obsède même et le rend particulièrement furieux.

Anna aussi est fâchée de la phrase qu'elle a dite à Julien. Aplatir les choses de cette façon, essayer de rattraper, banaliser — Quel mensonge, quel mensonge.

Elle va et vient dans sa cuisine, un verre de lait froid à la main, et elle s'injurie.

Mais les injures qu'elle s'envoie laissent passer, d'abord recouvrent, ensuite laissent passer, autre chose qui, peu à peu, s'installe. Autre chose qui est là et qui plane entre elle, et Julien, et Nathalie.

Comme si cette petite phrase de rien du tout devenait un moteur, et que le monde, le monde d'Anna, centré, là, présentement, sur Julien, se mettait à glisser, à glisser, rien ne tombe, rien ne se casse, mais tout glisse, horrible et lent, sans s'arrêter.

Dans ce glissement, Anna a l'impression de vivre une

histoire fausse, déplacée. Une histoire qui la concerne au plus près, dont elle peut reconnaître quelques-uns des éléments sans doute, mais où plus rien ne forme un ensemble cohérent, et où elle-même n'est pas à sa place.

Tout glisse.

Elle tourne et tourne Julien dans sa tête.

Elle se dit qu'il n'y a jamais eu aucun homme dans sa vie comme Julien.

Elle ne sait pas quoi en penser.

— C'est plutôt, se dit Anna, que Julien, lui ne pense pas.

Après elle se dit : Non, c'est faux.

Mais il a cette capacité qui étonne Anna, cette capacité d'arrêter sa pensée. Oui, de suspendre, d'arrêter sa pensée.

— Et parfois, au contraire, crac, ce qu'il dit est vrai comme un caillou, incontournable.

Anna regarde par la fenêtre ouverte.

La nuit flotte, légère et vague, et sinistre. Hansel et Gretel perdus dans la forêt. Quelle forêt ? Dehors, la nuit.

Et elle, Anna, n'est pas la sœur de Julien.

Elle ricane, devient mauvaise.

D'un coup dans cette forêt de la nuit elle pense à Ben. Elle le voit, adossé à un arbre, souriant, gentil et abîmé, fini.

Elle se sent mal.

Elle téléphone à Julien. Le téléphone ne répond pas.

Elle ferme la fenêtre, elle essaye de ne plus penser à Ben.

Elle pense à Nathalie.

Et le malaise, diffus, insupportable, comme une déchirure lente, prend une forme précise, devient une douleur maintenant nette, aiguë.

Si petite, si parfaite Nathalie.

Bien sûr, Julien l'aime. Il aime comment elle vit sa vie, c'est certain.

Cette vie juste et libre et maligne et drôle de Nathalie.

Comment ne pas aimer Nathalie ? Une telle perfection.

Elle, une grosse vache, et vieille avec ça.

Anna se met au lit.

Elle téléphone encore à Julien. Avoir un mot, un point d'appui.

Bien sûr, ça ne répond toujours pas.

Les jours suivants :

Anna n'arrive pas à joindre Julien.

Julien, retranché, chez lui ou ailleurs. Il disparaît.

Anna descend, descend. En miettes.

Elle téléphone après deux jours à Mary.

Nathalie avait tout de suite raconté, en pleurant, quand Julien est parti.

Chico a été furieux. Mary, très triste.

Pour le moment Julien ne doit plus venir, c'est clair.

— Mais nous, on aimerait le voir.

Anna se désespère, tourne en rond.

Et la jalousie, une folie.

Une folie.

Au bout d'une semaine, Anna a envoyé à Julien une lettre.

Le contenu de la lettre est un morceau de journal découpé, un journal spécialisé dans la publication des faits divers scandaleux.

Ici, détournement de mineur.

Le morceau découpé reproduit longuement avec la complaisance habituelle une déclaration de l'inculpé.

— Elle m'a demandé un jour de lui faire ce que je faisais à sa mère. Alors je lui ai montré et c'est devenu une habitude, un plaisir mutuel. Je ne vivais plus que pour ça. Des fois, on commençait dès le matin. Je la caressais et je la léchais pendant des heures. Oui, pendant des heures. Elle ne m'a jamais dit Ça suffit. Moi, je la tenais, je sentais tout ce qu'elle sentait, je ne demandais rien d'autre, la tenir, sentir ce qu'elle sentait. Entre ses jambes, sentir la vie vibrer, vous comprenez ? qui palpite là, comme jamais. Et la rosée, quand elle se contractait, quand elle se détendait. Le temps s'arrêtait. Elle aimait ça, je peux l'assurer. Je serais resté là, comme ça, entre ses jambes, à l'entendre soupirer, toute la vie. Rien ne peut valoir ça, rien.

Julien a reçu la lettre. Il l'a reçue et il l'a lue.

Il a eu envie de casser la figure d'Anna.

Après il s'est senti très mal, bizarre, flottant.

Plus tard, il s'est habillé, il a mis son chapeau en feutre bleu et il a été chercher Nathalie à son école.

Il est arrivé très tôt, avant Mary, Nathalie a été toute joyeuse de le voir, et dans la confusion générale de la sortie, il l'a emmenée.

11

Dans la rue, Julien regarde Nathalie.

Tous les deux se sourient.

— Allez, Nathalie, dit Julien, on va s'amuser.

— Oui, dit Nathalie.

Julien s'arrête. Il la dévisage un bon moment :

— Je suis tellement content de te voir, Nathalie.

— Moi aussi, dit Nathalie.

— L'autre fois, continue Julien, j'ai été très bête.

— Ah oui, dit Nathalie.

— Tu sais, dit Julien, après je n'ai rien pu faire, rien.

Nathalie le regarde, étonnée.

— Bon, dit Julien, on oublie tout ça.

Ils recommencent à marcher. Julien a pris la main de Nathalie.

— Je vais te montrer quelque chose d'extraordinaire. D'abord, on prend le métro.

Ce qu'ils font.

Dans le métro comme toujours il y a beaucoup de monde. Ils trouvent une place assise, Julien tient Nathalie sur ses genoux.

Il la voit, il la respire.

Il est parfaitement heureux.

Autour, le corps compact de la foule en métro. Un garçon a une énorme machine à musique, la musique sort, vibrations. Air et ondes de chaleur, matière et rythme. C'est agréable et interdit.

En face, une grosse dame noire avec des chaussettes en coton rayé rouge et blanc et des chaussures vernies à talon haut. Nathalie remarque et aime.

Elle déchiffre toutes les publicités. Quelques-unes sont en espagnol. Julien, qui connaît, traduit. Des hommes lisent le journal, en costume sombre. Nathalie détaille les cravates.

Plus loin, une jeune femme très belle avec un jean serré, des cheveux flous et des bottes rouges. Elle a un air heureux, négligent, et Julien la regarde avec un intérêt pur, une sorte de paresse analogue.

Ils sortent à Wall Street, dans la pointe sud de la ville. Nathalie dit J'ai faim. Julien dit : Moi aussi. Ils s'arrêtent au coin d'une rue, devant un marchand ambulant, Julien demande des hot-dogs et du jus d'orange avec glaçons.

Ils mangent sur un banc avec délice.

Autour, la journée chaude, l'odeur du goudron et le calme du ciel, le va-et-vient de la rue, les miettes de poussière. Julien explique à Nathalie où ils sont. Il lui montre les rues étroites, les immeubles dépliés en paravent, la foule agitée des banques.

Ils parlent argent, Nathalie veut savoir si Julien en a, Julien dit Ça peut aller.

— Un jour peut-être, dit Julien en rigolant, je ferai un gros coup. Mais au fond, il ajoute, ça ne m'intéresse pas tellement.

— Pourquoi, demande Nathalie.

Julien sourit et dit C'est comme ça.

Julien dit à Nathalie qu'il a pensé l'emmener au World Trade Center, le gratte-ciel le plus haut de Manhattan qui a une plate-forme spécialement aménagée d'où l'on peut voir toute la ville, dans toutes les directions.

Ils se mettent en route, sans se presser.

Julien a l'impression d'avoir tout son temps, plus de temps qu'il n'en a jamais eu dans sa vie, un temps immense. C'est le dernier jour, le tout dernier, avec un soleil magique, qui ne descendra pas.

Ils marchent, discutant.

Devant un trou énorme, ils s'arrêtent. Chantier multicolore, en pleine activité. Nathalie adore les grues, trouve qu'elles remplaceraient avec avantage les ascenseurs. Julien, lui, voit surtout la force, l'énergie, la construction.

— Demain, il explique à Nathalie, et il se sent fier, il y aura peut-être ici un immeuble. Nathalie, impressionnée.

— Eh oui, dit Julien, c'est la ville.

En ce moment, il n'y a pas de doute, elle lui appartient.

Et le ciel aussi est à lui, le grand ciel enveloppant de la ville. Il montre à Nathalie sa largeur, son mouvement lent et sûr, comment il porte les nuages, les pousse, tranquille dans sa couleur de ciel, au-dessus des fleuves verts, jusqu'à l'océan.

Julien roi.

Un peu plus loin, un jeune cireur de chaussures noir est assis, sur son tabouret très bas, et cire.

Nathalie veut regarder, ils s'arrêtent un moment.

C'est un garçon très jeune avec peu de cheveux et un visage maigre, fermé. Le premier client est un monsieur roux avec un imperméable et des gants, une raie très nette et un visage fin.

Il surveille attentivement chaque chaussure, se penche, examine chaque côté, se tord le cou pour voir le talon, pointe avec le doigt. Il fait recommencer plusieurs fois. On a l'impression qu'il pourrait rester là, sans fin, les pieds en avant.

Il demande la perfection.

Le cireur est calme.

A la fin, le client roux paye et s'en va dans son imperméable beige. C'est le tour d'un gros qui s'assoit lourdement, tend ses pieds sans dire un mot et lit son journal en fumant un cigare.

Caricature. Même Nathalie le remarque, elle tire Julien par la manche et fait une grimace.

Après, c'est un garçon très bavard, élégant et blagueur. Il met la main sur l'épaule du cireur, il parle sans arrêt.

Julien dit à Nathalie qu'à son avis, ce client-là agace encore plus le cireur que le gros type.

Nathalie ne comprend pas. Elle le trouve gentil.

— Trop, dit Julien. Il ajoute, pédagogique :

— Il veut faire comme s'ils pouvaient être copains, tous les deux. Il fait semblant.

Évidemment, Nathalie ne suit pas.

Ils sont sur le point de s'en aller quand arrivent deux hommes barbus avec des appareils-photo en bandoulière. Ils demandent au cireur s'ils peuvent prendre sa photo.

— Non, dit le cireur.

Ils discutent un moment, offrent de l'argent, le cireur refuse absolument.

Les deux hommes s'éloignent, Julien et Nathalie partent aussi. Un peu plus loin, les deux types s'arrêtent et prennent quand même une photo.

— Ordures, leur dit Julien.

Les deux types rient, et s'en vont.

Julien reste enragé.

Il est tellement furieux qu'il lâche un moment la main de Nathalie et tout d'un coup elle n'est plus là.

Le monde bascule. Ciel noir. Julien ferme les yeux.

Une seconde après, c'est fini, Nathalie l'a appelé, elle était entrée dans une petite église, la plus ancienne de la ville, explique une plaque à l'entrée, qui se trouvait là, devant eux.

Julien agrippe la main de Nathalie, la gorge nouée.

Ils entrent ensemble dans l'église, Nathalie veut.

Silence, humidité. Comme si l'éclat de la rue, le bruit, le mouvement, débouchaient tout d'un coup sur une caverne.

Nathalie ne dit rien, regarde, immobile, cet espace aménagé pour l'esprit.

C'est sombre, chargé. Ils font le tour lentement.

Dehors, il y a un petit cimetière. Fouillis de tombes, de buissons. Nathalie lit les dates, appliquée. Mais ce petit jardin de mort protégé entre les immeubles met Julien mal à l'aise.

Les allées étroites, limitées et maigres avec leur verdure et leurs pierres plates, il a l'impression qu'elles sont fausses.

Quand ils rentrent de nouveau à l'intérieur, Nathalie serre la main de Julien et lui montre une forme du doigt.

Un jeune homme avec un visage rouge et rond, les cheveux noirs bouclés est à genoux, en prières, et il pleure. Il pleure, les larmes coulent sans arrêt, sans bruit.

Nathalie demande à Julien tout bas :

— Pourquoi il pleure.

Julien secoue la tête, fait signe qu'il ne sait pas et les pleurs du garçon, ses pleurs silencieux, créent quelque chose entre lui et Nathalie, quelque chose de très fort, comme une alliance.

Ils sortent presque sur la pointe des pieds.

Dehors, ils respirent.

— La ville, dit Julien.

Ils marchent, ils recommencent à marcher.

Ils passent devant une pizzeria dont le nom les fait rire. The ultimate pizza. La pizza définitive. Ils entrent, bien sûr, et en partagent une au comptoir.

— Pas mal, dit Nathalie, pas mal.

Julien, lui, la trouve tout simplement sublime.

Il est dans un moment de joie, le monde rebondit autour de lui, il voit tout, il entend tout, il ne perd pas une miette, tout est bon.

Quand ils sortent, la foule est devenue plus dense, à cause de l'heure. Visages, visages.

Un vieil homme entre dans une maison de jeu où les paris se font autour de petites tables, avec des cartes. Il a l'air égaré. Cheveux blancs et longs, mal rasé.

Une grâce, pourtant. Oui, comme une morsure, la grâce.

Julien le suit des yeux, sa chemise fripée, ses épaules maigres. Une vie tirée sur un fil. Ou voler, ou tomber.

Julien le laisse lentement disparaître.

Nathalie lui montre une jeune fille avec des ongles peints en jaune, un vêtement noir, des baskets fluo. Elle est fascinée, voudrait la même chose. Julien rit, sans commentaire.

Un conducteur de bus noir dans l'uniforme gris habituel fume une cigarette, adossé à son bus. Sa figure placide, ridée. Les rides sont en quelque sorte naturelles. Ambiguïté, après coup, de cette idée.

Est-ce que ces visages ont quelque chose de particulier, qui les rattache à cette ville plutôt qu'à une autre ? Julien le pense, mais il se demande en quoi.

Julien et Nathalie passent devant un immeuble très droit et très haut plein de lumière et d'activité. Le dessus est inachevé, un tas de pierres cabossé, informe. Tous les deux le remarquent et restent un bon moment plantés devant, la tête levée, éblouis de tant d'audace.

Julien éprouve même le besoin d'en tirer une morale.

— Regarde, dit-il à Nathalie, c'est pas terminé et ça marche quand même, tout ça marche. Nathalie opine.

Un jeune couple noir passe à côté d'eux, très élégants et fins, légers. La femme a des jambes longues, splendides, l'homme joue avec une canne, la fait tournoyer. Ils se parlent et rient, amoureux. Éclat et ondes.

Un mur, un graffiti. They lie and we die. Ils mentent et nous mourons.

— C'est bien vrai, dit Julien.

— Mais qui, « ils », demande Nathalie.

Julien hausse les épaules.

Nourriture de rue continuelle. Glaces et bonbons colorés, variété de sandwichs, les jus. Tout ce qui se vend sur le trottoir intéresse Nathalie, qui demande, qui goûte.

Un immeuble est construit comme un gigantesque miroir. On s'arrête et on se voit, cadré, oui, pris dans un cadre, c'est la rue, au-dessus le ciel, quelques stries blanches le traversent, derrière d'autres immeubles, les briques et le verre, les passants qui entrent et sortent du champ de vision, et c'est exactement le cadre libre et ouvert et pourtant déterminé de cette ville, ici et pas ailleurs, maintenant et pas à un autre moment, et bien sûr on avance, et certains savent peut-être où ils vont et d'autres peut-être l'ignorent.

Julien et Nathalie eux aussi s'arrêtent et se regardent ensemble, contemplent leur image côte à côte.

— Si je ne t'avais pas, Nathalie, qu'est-ce que je ferais, dit Julien en l'attrapant et en la mettant sur ses épaules.

Après, la grandiloquence de sa phrase lui sonne dans les oreilles.

Ils arrivent devant le World Trade Center. Nathalie est stupéfaite, Julien ravi de sa surprise.

Ils prennent les billets.

229

La montée en ascenseur est une épreuve, ils en conviennent tous les deux une fois en haut.

Julien lit à voix haute quelques données d'un petit dépliant qui annonce The closest some of us will get to heaven. Quelques-uns d'entre nous n'arriveront jamais plus près du paradis.

Nathalie retient qu'il y a 43 600 fenêtres.

Ils sortent sur la plate-forme plein ciel.

— C'est la plus haute du monde, dit Julien.

Ils sont pratiquement seuls. Deux japonaises avec des queues de cheval qui se tiennent par la main, un couple de portoricains habillés en blanc.

Julien et Nathalie font le tour lentement, regardent toutes les directions. Un empire.

— Voilà, dit Julien avec un grand geste circulaire.

Ils s'arrêtent un moment.

— Je n'ai jamais autant donné à une femme, dit Julien en riant.

Nathalie rit aussi.

Elle se met à courir, à crier.

L'air bleu bleu. L'air qui soulève le monde.

C'est irréel et magnifique.

Être là, au milieu du ciel. Voir jusqu'au bout de la ville, de la baie, saisir le tout, l'imaginer.

Nathalie court et va, essaie les télescopes les uns après les autres. Elle s'approprie l'endroit.

— Nathalie, dit Julien.

Après il ne dit rien. Il sourit.

Il suit Nathalie, la regarde courir et chercher à voir. Elle pose des questions sans arrêt, veut savoir les rues, les immeubles, l'air et la lumière la dynamisent, la propulsent, elle ne s'arrête pas.

Julien participe de la joie de Nathalie, la regarder, la faire rire et jubiler l'amusent sans fin et en même temps, c'est un pincement lointain, vague, il n'est pas complètement libre, disponible, quelque chose le retient, le tiraille, comme s'il était envieux du cadeau qu'il a lui-même fait à Nathalie.

La ville, devant eux, en bas. Ses tours et ses blocs. Bien sûr, Nathalie le remarque tout de suite, dit que la ville ressemble à son vieux jeu de cubes, en plus joli, avec plus de couleurs.

Julien dit, Oui, mais surtout, elle est vivante.

— Vivante, demande Nathalie en ouvrant ses grands yeux, elle en rajoute un peu, elle aime vraiment beaucoup Julien.

— Oui, dit Julien, vivante. Elle va quelque part.

— Où, demande Nathalie.

— Ah ça, dit Julien.

Ils en restent là.

Nathalie adore la grande tour en plastique noir, en plein milieu de la ville, elle aime aussi les décorations dorées sur d'autres immeubles, les décorations brillantes et voyantes qui attrapent le soleil.

De l'autre côté, la baie. Quelques bateaux.

— Tu n'aimerais pas partir, demande Julien à Nathalie.

— Si, dit Nathalie. Quand je serai grande, je ferai le tour du monde.

Julien ne répond pas.

Après un moment, il n'y tient plus, il demande à Nathalie :

— Quand tu seras grande, c'est quand ?

— Ben, dit Nathalie. Elle hausse les épaules devant l'évidence.

Julien reste seul.

— Quel âge tu as, demande Nathalie.

— Vingt-huit, dit Julien.

— C'est beaucoup, demande Nathalie.

— Comme ça, dit Julien.

La conversation avec Nathalie lui apparaît soudain comme une ligne de mots enchaînés, se détachant sur du silence.

Quelque chose de raréfié, comme l'air d'une montagne, ou celui, peut-être, qu'ils respirent en ce moment, sur ce sommet fabriqué.

Oui, quelque chose disparaît dans l'échange, mais quoi.

Il se sent tout d'un coup très énervé.

Il regarde Nathalie méchamment.

— Toi, tu as de la chance.

— Pourquoi, demande Nathalie. Ils ont refait le tour et elle a l'œil dans un télescope dirigé vers le nord, elle essaie de voir sa maison.

— Parce que. Moi je suis là comme un con.

Nathalie tourne la tête pour le regarder, ensuite elle reprend ses tentatives.

Julien sent monter en lui l'envie très forte et consciente de faire du mal à Nathalie.

Il réprime son envie.

Il prend Nathalie par la main et l'emmène de l'autre côté de la plate-forme.

— Au début, dit Julien, les bateaux sont venus par là. Il montre. Les bateaux avec les gens qui venaient de l'Ancien Monde, de l'Europe.

Il explique, Nathalie est très intéressée. Aventures, Histoire.

Julien raconte.

Son énervement fond, ou plutôt se transforme, devient une lourdeur, une fatigue.

Donner, toujours donner.

Qu'est-ce que lui, Julien, fait là.

Quand ils redescendent, Julien se sent éreinté.

Nathalie aussi est ralentie.

Moment de flottement.

Que veut Julien ?

Rien. Rester avec Nathalie.

Une chose est sûre : pour Julien, il n'est pas question de se séparer de Nathalie.

La colère de Mary, la colère de Chico, toute la suite, ça, Julien pourrait l'imaginer, mais il n'y accorde pas la moindre attention, il s'en fout, profondément.

Il est là, avec Nathalie.

Il se sent lourd, encombré de lui-même, un bloc de pierre.

Ce qui n'est pas pris, figé, dans ce bloc de pierre : Nathalie. Il ne peut s'en séparer.

Autour, la ville. Elle va, elle vient, elle se débrouille. Le ciel bouge aussi. Et plus loin, l'océan, les fleuves verts.

— Je suis fatigué, dit Julien.

— Moi aussi, dit Nathalie. On rentre ?

— Non, dit Julien. Il ajoute : C'est trop tôt.

Julien, un homme avec les jambes longues, bien prises dans son blue-jean, et sur la tête un chapeau en feutre bleu, un borsalino. Il tient par la main une petite fille.

Il regarde droit devant lui, le bloc d'immeubles, la rue, les taxis jaunes, la circulation.

— Allez, viens, dit Julien.

Il emmène Nathalie dans un bar qu'il connaît dans le quartier.

— C'est une copine, dit Julien au barman, qui a très envie d'un coca.

Nathalie rigole. Elle se rengorge sur le tabouret en cuir et boit lentement sans faire aucune bulle.

— Tu les prends jeunes, dit le barman, en faisant un clin d'œil à Julien.

— Eh oui, dit Julien.

Julien boit deux whiskies. L'alcool descend vite, il sent seulement la brûlure, il a l'impression de rater l'effet habituel, cette chaleur qui tient le corps.

Nathalie a demandé des cacahouettes et elle les croque une par une, le petit doigt en l'air.

Julien se sent dans un décor en carton, un décor faux, manqué.

Heureusement le barman raconte à Nathalie une histoire drôle qui est arrivée la veille à un client que sa femme est venu chercher avec une canne.

Nathalie rit aux éclats. Après elle plaint le client.

Julien aimerait raconter une histoire drôle à Nathalie. Plusieurs, même. L'enchanter, voilà. Les mille et une nuits.

Après il se dit, A quoi bon.

Et d'ailleurs, il se fait cette réflexion, le roi qu'il faudrait enchanter, l'ogre, c'est moi, c'est pas elle. Sa réflexion ne le fait pas sourire.

Julien regarde le bar, il le connaît par cœur. Les tables cirées, les coins. Les posters encadrés.

Il se demande encore ce qu'il fait là. En même temps, bien sûr, vissé à son tabouret.

Le Julien dans la glace en face de lui au-dessus du comptoir lui tire la langue.

Julien tourne sur le tabouret, le dos au comptoir.

Il descend son chapeau sur ses yeux.

— Regarde, Nathalie, qu'est-ce que je suis ?

— Un cow-boy, répond Nathalie, et tu dors au soleil.

— Exactement, dit Julien. Je dors au soleil.

Il embrasse Nathalie sur la tête, petite odeur, sueur d'enfant. Il s'y perd un peu.

— Allez, on y va.

Il emmène Nathalie au cinéma voir un western.

Pendant le film, dont Nathalie ne perd pas une miette, Julien regarde surtout Nathalie.

Il ne la voit pas, maintenant, comme a pu le penser Anna, si petite, si parfaite.

Il la voit loin. Tellement loin.

Intéressée à ce western, et tellement loin.

Julien a d'un coup le sentiment aigu qu'il y a là deux personnes différentes assises devant l'écran, lui Julien, et à côté, Nathalie.

Il a envie de crier.

Il prend la main de Nathalie et la caresse doucement.

Pendant tout le film il enveloppe la main de Nathalie dans la sienne et la caresse, attentif et triste et plein du cri qu'il retient, et ce cri qu'il garde dans la gorge, ce cri brutal et sans contenu, est comme une érection, qu'il n'a pas.

Quand ils sortent du cinéma, il est environ huit heures, il fait encore très clair, l'air est devenu frais, et tous les deux sont vraiment épuisés.

— Je suis fatiguée, dit Nathalie, je veux rentrer.

— Moi non, dit Julien.

— Mais je suis fatiguée, dit Nathalie.

— Tant pis, dit Julien.

Il regarde Nathalie.

— Écoute, Nathalie, dit Julien, fais-moi plaisir, on va aller au Pont.

Nathalie lève la tête et le regarde. Elle demande :

— Pourquoi ?

— Parce que, dit Julien, j'ai envie. Il parle sèchement.

Nathalie traîne un pied, l'autre. Elle dit :

— Je veux rentrer.

Julien hausse les épaules.

— Allez hop, dit Julien, on va au Pont.

Ils prennent un taxi.

Quand Anna, qui a été prévenue par Mary, et qui les a cherchés partout, dans le Parc, au terrain de jeu, dans tout le quartier a, beaucoup plus tard, l'idée d'aller au Pont, elle les trouve là, sur le banc du milieu, Julien en train de regarder l'eau, Nathalie endormie, la tête sur les jambes de Julien.

— Mais qu'est-ce que vous faites là, crie Anna.

Julien continue de regarder l'eau. Ensuite il tourne lentement la tête vers Anna, il dit :

— On t'attendait, je suppose.

Nathalie se réveille et s'étire. Elle saute par terre.

Julien se lève. Il a l'air cassé. Il s'étire aussi. Il fait au revoir de la main et il commence à marcher.

— Où tu vas, lui crie Nathalie.

Le son de sa voix se détache, très clair, sur du silence.

Julien s'arrête et se retourne. Il regarde Nathalie longtemps.

— Je vais là-bas, il montre Brooklyn.

Tu te souviens, il ajoute, je t'avais dit que j'y retournerais, un jour.

Achevé d'imprimer le 10 janvier 1987
dans les ateliers de Normandie Impression S.A.
61000 Alençon
N° d'éditeur : 1094
N° d'imprimeur : 861643
Dépôt légal : février 1987